# 桥山揽翠

陕西陕煤黄陵矿业有限公司 / 编

陕西新华出版传媒集团

太白文艺出版社

图书在版编目（ＣＩＰ）数据

桥山揽翠 / 陕西陕煤黄陵矿业有限公司编. -- 西安:
太白文艺出版社, 2019.8 （2020.7 重印）
ISBN 978-7-5513-1714-6

Ⅰ. ①桥… Ⅱ. ①陕… Ⅲ. ①中国文学－当代文学－
作品综合集 Ⅳ. ①I217.1

中国版本图书馆CIP数据核字(2019)第179319号

## 桥山揽翠
QIAOSHAN LANCUI

| | | |
|---|---|---|
| 作　　者 | 陕西陕煤黄陵矿业有限公司 | |
| 责任编辑 | 姚亚丽 | |
| 封面设计 | 杨木子 | |
| 出版发行 | 陕西新华出版传媒集团 | |
| | 太白文艺出版社 | |
| 经　　销 | 新华书店 | |
| 印　　刷 | 广东虎彩云印刷有限公司 | |
| 开　　本 | 787mm ×1092mm　1/32 | |
| 字　　数 | 174千字 | |
| 印　　张 | 10.125 | |
| 版　　次 | 2019年8月第1版 | |
| 印　　次 | 2020年7月第2次印刷 | |
| 书　　号 | ISBN 978-7-5513-1714-6 | |
| 定　　价 | 72.00元 | |

# 编 委 会

# 序

Preface

流光容易把人抛，最是精神长驻存。凡艺术作品，都倾注有作者的生命与精神之华。文学之于人生，是生活的诉说和记录；之于企业，是文化的积淀与承载。作为企业文化建设活的源泉，职工文学作品以其多元的思想、广阔的视野、独特的气质、非凡的灵感，为企业汇聚着蓬勃的朝气，耕耘着思想的土壤，迸发着智慧的光芒，燃起不灭的希望。

沧海桑田，时代变迁。从 1989 年到 2019 年，黄陵矿业公司（简称黄矿）创业、成长、发展的三十年，与中国改革开放四十年的光辉历程高度契合。这三十年，黄陵矿业人一路栉风沐雨，与改革并肩，和时间赛跑，从起步时的筚路蓝缕、地处荒滩成长为圆梦百亿的行业领军者，从面临诸多困境的传统煤炭企业发展为煤电联产、多元发展的现代绿色能源企业。这三十年，黄陵矿业人抢抓机遇，艰苦创业，转型发展，实现跨越，争做新时代的追梦人。企业大力实施科技创新驱动战略，探索实施智能化无人开采技术，率先实现技术突破，让几代煤矿人期待的"无人化"智能开采梦想成真。这些改革变化不仅引领了行业发展的潮流，更"站稳了"煤炭技术创新的高地，走出了一条独具黄陵矿业特色的转型升级之路，形成煤炭产业优势突出，电力产业方兴未艾，多元产业活力迸发，人心思进、争创一流的良好发展氛围，推进黄陵矿业的加速发展。

不忘来时路，方能行更远。曾经的辉煌业绩，终将被定格为历史，但奔跑中的每一滴汗水，必将浇灌着黄陵矿业的未来。而今迈入高质量发展新阶段的黄陵矿业，正用奋斗定义着人生价值，用实干践行着时代使命。在以习近平同志为核心的党中央的坚强领导下，黄陵矿业依托陕煤这一"能源航母"的平台，秉志高远，精业以图，积极内化诚信敬业、追求卓越的精神气质，聚合文化力量，立足"三做一打造"目标愿景，践行"五个一流"，为实现二次腾飞而努力奋斗，为助力中国梦贡献着力量。

桥山巍巍，沮水泱泱。倚轩辕黄帝之祖脉，仰革命圣地之光芒，黄矿儿女汇山川之灵秀，汲人文之精华，与矿区同成长、共奋进、谋未来，用笔尖感怀矿区的变迁，抒写大好河山，体悟人生百味。值此五四运动一百周年、新中国成立七十周年、陕煤集团成立十五周年及黄陵矿业建立三十周年之际，我们将矿区文学爱好者用心撰写的作品汇编成书，题名"桥山揽翠"。"桥山"取意公司傍依于中华人文始祖轩辕黄帝长眠的桥山脚下，也意在与以往桥山系列文学丛书一脉相承；"揽"取统揽之意，即辑揽公司三十年的历史沿革与发展历程；"翠"取色泽鲜明之意，此次遴选的作品是黄矿职工创作中的精品，是最鲜活、最具活力的。

一语天然万古新，豪华落尽见真淳。此次《桥山揽翠》选作品八十六篇，分六个板块，十二万余字。六个板块分别是：展现矿区变迁的"印象黄矿"，体味乡愁和抒发情怀的"滴水藏海""人间有况味""风物哲思两生辉"，感悟山水和诗意的"行走的力量""水墨书香"。这些作品兼具家国兴盛的人文情怀和山清水秀的文艺气息，从不同角度反映了黄矿人的精神风貌。

书籍是思想的延伸。通过阅读，我们与优秀人物为伴，与成熟思想共舞，让真正的阳光透过眼前，驻在心里。通过阅读，我们的内心强大起来，勇敢地面对挑战，为企业发展汇聚磅礴力量。借静安先生《国学丛刊》序中论学术之言："事物无大小，无远近，苟思之得其真，纪之得其实，极其会归，皆有裨于人类之生存福祉。"推之于文学，即无论你所思所想是大是小，是远是近，只要发自内心，最后都是幸福的体验。也以此希望矿区广大文学爱好者积极投入到文学创作中，抒发情志，立心铸魂，以文载道，以道育人，以人兴企，为矿区文化建设注入思想智慧，绽放时代光芒。

由于编者水平与时间所限，书中难免有不足与疏漏之处，还望读者朋友海涵并多加批评指正。

编者

2019 年 5 月

# 目录
Contents

序 /1

## 印象黄矿

赞黄矿　　　贺小锐/2

黄矿颂　　　李发波/4

巍巍桥山　煤海脊梁　　　常昭昭/6

我与瑞能煤业的不了情缘　　　任俊平/9

"北移"初印象——搬家　　贺小锐/15

彼彼相若，风雨同程　　　陈莉/18

恰好你来，恰好我在　　　王新尹/23

沮水河畔桃花开　　　邵庆芳/26

子午岭桥山的早晨　　　李欣/29

煤城五月槐花飘香　　　刘大鹏/32

小站秋色　　杨超/34

岁月故事之七里镇小记　　赵媛媛/36

煤城，我的家乡　　孙少平/40

## 人间有况味

井台子　　任俊平/46

生命中不能错过什么　　常昱/50

写给自己的四十岁　　郑斐/56

那一场风花雪月的电影　　杨东营/60

老屋　　李超/67

家乡记忆　　张鹏/70

赶集　　王斌/73

情系麦秆积　　张战军/77

念·家味　　吴宁/81

挥之不去的麦香　　倪小红/84

桂花香时月正圆　　张鹏/87

最喜家乡一碗酱　　彭兴仓/90

一碗面的人生　　杨亚琼/93

难忘那顿"蘸水面"　　张继栋/97

酸汤面　　马西铜/101

咸汤面　　付建国/105

消失的兵种、永不泯灭的军魂　　白建礼/108

我和我追逐的梦想　　牛文波/112

核桃熟了　　张毅/117

东北年　红火年　　高杨/119

## 滴水藏海

父亲的箱子　　任来虎/122

怀念父亲　　雷达/127

怀念母亲　　徐永涛/132

新写的旧歌　　孙少平/136

外爷的家训　　张晓红/141

姥姥去了遥远的地方　　张英/145

为爱行走在路上　　韩兰兰/148

重阳日的怀念　　徐泳铎/152

往后余生，我只要你　　倪小红/155

父亲　　田小芳/159

三代矿工情　　余德水/162

黄土情深　　马罡/165

沉默的父爱　　寇碧月/168

当我遇见你　　同娇/171

父亲和他的大棚西瓜　　张辉/174

爸爸，女儿想你了　　高艳/178

喜宴　　边玉霞/181

嫁给土地的女人　　黄强/184

## 风物哲思两生辉

忠诚　　王文军/188

读书的态度与方法　　张新苗/192

吃饭的"讲究"　　李金玲/196

闲说"熵与生命"　　张恒/199

新龟兔赛跑　　侯庆斌/202

雨夜的短信　　李金玲/204

信天游里的美食与爱情　　高婷婷/207

这便是人生好时节　　潘丽萍/210

煤海青春　　穆海宏/213

月光下的思念　　张东/216

再见，金庸；再见，江湖！　祝芳/220

荷　张海滨/223

## 行走的力量

那年桃花岛上　　孙鹏/226

菜花黄时鹧鸪忙　　王文军/231

新藏线纪行　　常昱/234

登调兵山　　孙鹏/247

谒拜仓颉庙　　刘焕/255

小镇初雪　　王保林/258

路上的"味道"　　曹川/262

秋叶，秋雨，月中情　　姚文喜/265

初见山城　　李丹/268

梦回撒哈拉　　刘青/271

海的魂　　赵辉/273

味蕾里的春天　　杨新亚/276

## 水墨书香

最美的歌儿唱给黄矿　　贺小军/280

白鹿原上的麦子熟了　　戴洪涛/282

春真的来了　　刘勇勇/285

怀念母亲　　杨鑫/287

您，万众之光　　柴海/294

矿山记忆　　张瑞晨/296

矿山卫士　　李博/300

锚索　　左清龙/302

乌金　　张凡/304

浣溪沙　　史宗元/306

情满桥山　　任俊平/307

# 印象黄矿

　　"既要绿水青山，也要金山银山。"巍巍桥山下，潺潺沮水旁，黄陵矿业倚黄帝之祖脉，拔地而起，栉风沐雨三十载，走出绿色发展之路。这里碧水蓝天，绿荫成行，道路整洁，采煤不见煤；这里聚八方英才，激荡青春，扬帆起航，把真挚的矿山情怀熔炼成炽热的爱。

　　黄陵矿业中有这样一些人，把对矿区的热爱化作朴实的文字，凝聚成一代代矿山人美好的记忆。"真实的创作灵感，只能来源于现实生活。"他们用灵动的笔尖记录着矿区最美的景象。

# 赞黄矿

一号煤矿　贺小锐


　　华夏圣地，人文始祖；巍巍桥山，汤汤沮河；物载天华，气孕灵秀，溯源侏罗，始藏乌金。己亥壬申，黄矿吉辰，历数寒秋，三十余载；披荆斩棘，奋走坎坷，创黄矿之盛世；蓝墙红瓦，楼房林立；灯火通明，星月璀璨；车马喧嚣，民富企兴。

　　"八五"计划，落地生根；改革春风，沐浴三秦。五湖英才齐聚沮水河畔，开山凿石，兴建家园；四海男儿同宿桥山脚下，披荆斩棘，开采乌金。开矿初年，困难重重，同志齐心，众志成城；顶烈日，战寒暑，党员干部，不惧艰辛勇拼搏；冒风雨，踏冰霜，矿工努力，不畏困难争幸福。2004 年 6 月 15日，瓦斯矿难，铭记史册。痛定思痛，励精图治，头悬利剑，步履薄冰；大治瓦斯，重中之重，超前抽采，治理有方；干群携手，上下齐心，攻坚克难，浴火重生。

　　重塑文化，安全引领，"五精"管理，贯穿始终。苦练三功，夯基固本，强化管理，防御风险。行为整治，标准遵从，以人为本，安全第一。九鼎文化，一矿之髓；黄陇理念，二矿之要。双龙瑞能，一六兼并，四矿合一，齐肩并进。煤电路化，四业并举，多元发展，内添动力；破旧立新，实谋发展，黄矿睿智，心存志远，胸怀百川，黄矿乃大。科学管理，优化布局，查漏补缺，深挖内潜，大兴修旧利废之策，广行节支降本之路，以勤持家，以俭为荣。"黄灵"乌金，烈焰熊熊，炼焦发电，名扬神州。铁龙穿梭，汽车狂骋，点万家灯火，暖华夏神州。

智能采煤，开创先河，百年梦想，实现一矿；解放劳动，崇尚文明，矿工荣耀，企业昌盛；环境治理，生态平衡，自然和谐，发展有序；青山碧水，杨柳成荫，低碳生产，绿色强企，绘锦绣之桥山，描亮丽之沮河。

党建引领，砥砺奋进，追赶超越，勇立潮头；诚信敬业，追求卓越，黄矿精神，历久传承；大胆创新，实干兴邦，遇山破石，遇河搭桥，不惧艰难，方成伟业。扶贫帮困，普惠民生，企地共建，惠泽一方；成果共享，同赴小康，大企担当，美誉四方。四项攻坚，五个一流，两化融合，智慧发展。做精做优，多元产业，煤电联产，蓄势待发。两万同盟，共助发展，千里煤海，再绘新图。

壮哉黄矿，三十载风雨谱写辉煌伟业；

美哉黄矿，千百里煤海颂唱英雄凯歌。

# 黄矿颂

店头电厂　李发波

　　春华秋实诉征程，煤海扬帆写春秋。三十载栉风沐雨，三十载风雨兼程，三十载苦难辉煌，成就黄矿蓬勃事业，书写了一段在血泪中洗礼，在困境中前进，在发展中转型，在继承中创新，在古老的圣地上崛起的历史传奇。

　　夫功之成，非成于成之日。忆往昔，黄土河滩地，有学子精英会聚。始建矿，饮河水，居陋室，徒手起家，食苦如饴。人拉肩扛，迎难而上，穿山凿石，筑路运煤，引得桥山震响，沮水欢唱。戊寅之年，金融风暴突袭，煤市疲软，建设停滞；屋漏偏逢连夜雨，矿井水害频发，值矿区危急存亡之秋也。然我黄矿人，虽困苦而情不移，处剧变而志更坚，迎难而上，披荆斩棘。辛巳初春，煤市回暖，僻壤新传报喜声，宏图绘就车轮远，号角激扬始向前，金戈铁马闻征鼓，只争朝夕启新程。一矿投产，二矿开建，铁路逶迤，电厂输电，医院学校发展，民生工程人夸赞，矿山繁荣再现。

　　经年变，以煤为基，多元产业齐驱。始方兴，煤电路并进，循环经济给力。产煤千万吨，利税数十亿。发电亿万度，满载荣誉。引领革新，树行业标杆；聚贤才以壮企，重科技以强企；重人文以兴企，持绿色以盛企；倚科学管理，结文化硕果；撷技术创新，占领无人开采高地。深谋未来，"三做一打造"，再添腾飞羽翼。

征程万里，意高昂。扬帆再远航，正当乘风破浪；任重而道远，更须策马扬鞭。明朝鸿鹄，追赶超越勇当先。

# 巍巍桥山　煤海脊梁

双龙煤业　常昭昭

巍峨且连绵的桥山是宁静的，他用那宽广而又温暖的胸膛拥抱着黄陵矿业。您可知在这片平静大地的百米井下，却是一片忙碌而又热闹的景象，因为这里有一批值得我们尊敬的劳动者——煤矿工人。

当您走在霓虹闪烁的大都市中，您可知在那遥远而又偏僻的大山里，有这么一群煤矿工作者正在为这繁华喧嚣的大都市抒写着这片辉煌。当您下班回家与亲人其乐融融地享受着幸福时光时，您可知在那一片煤海之中有一批可爱的人正挥汗如雨开采着"乌金"，为人民掘取着光明。

这就是我们值得尊敬的矿工。他们用那一双双粗糙、伤痕累累的手和坚强的脊梁，为矿山、为自己的家庭撑起一片蓝天。对于煤矿工人来说，煤就是他们内心的依靠，是他们自身价值的体现。正如路遥所说："只有劳动才可能使人在生活中强大。不论什么人，最终还是要崇尚那些能用双手创造生活的劳动者。"在井下煤海里，只有劳动才能使人变得强大，只有劳动才能使人充满斗志，也只有劳动才能使人实现自己努力付出所换取的价值。在黑色的煤海中，伟大变得卑微，而卑微也变得伟大。

工人们在井下作业时的场景又浮现在我的眼前：井下的机电设备都是"大家伙"，轻则上百斤，重则几吨、几十吨。在安装设备时，工人们有时像纤夫一样，用厚实的肩膀扛起单体支柱，喊着劳动者独有的号子向"大家伙"们宣战，他们不屈的脊梁显示出无穷的力量。割煤、移架、推溜等动作，他们协同操作，一气呵成，随之煤流滚滚地被皮带运输到地面。因此，长期跟煤打交道的工人们对黑色有一种天然的亲近感，井下作业使他们形成了独特的品格——朴实、善良、稳重、包容、大方、豪爽、坚定……每当他们升井的那一刹那，布满厚厚煤尘的脸上洋溢的笑容、洁白的牙齿似在诉说着生活的幸福。

煤矿工作是高危职业，安全是重中之重。煤矿工人们用他们铁一般的意志和钢一般的纪律规范着井下的操作流程。看看他们工作的环境：笔直的巷道、整齐的缆线……精细化、标准化成了一种习惯，创新成了一种追求。中国进入了新时代，新时代要有新目标，新时代要有新精神。我们的矿工正以昂扬向上的姿态迎接着新时代的到来，也用自己的责任和担当，挺起矿井发展的脊梁。

　　巍巍桥山情，滔滔煤海志。矿工用自己的青春奉献着光和热，温暖着整个世界；矿工用自己不屈的脊梁承载着企业的发展腾飞。他们这种艰苦奋斗、默默奉献、永立煤海潮头的精神值得我们学习，他们的名字值得我们铭记。

# 我与瑞能煤业的不了情缘

瑞能煤业　任俊平

　　瑞能是一座煤矿，位于轩辕黄帝陵所在的桥山脚下，沮水河畔。我们习惯把瑞能煤业公司称作"瑞能"，好像省略掉"煤业公司"这种体制内的称呼，显得更亲切。

　　瑞能是煤矿，所以我与瑞能的不了情缘肯定不是罗密欧与朱丽叶、梁山伯与祝英台式的爱情情缘，而是瑞能给予我对煤矿人艰苦创业的一种认识，或是触动了我的神经，让我动心动情了。"不了"，是曾经有、现在有、将来还有的意思。我与瑞能，二十年前曾有过一次擦肩而过。那一次看懂了煤矿人的辛勤和善良，而这一次看懂了煤矿人的智慧和勇敢。正因为有了这两次经历，我对瑞能的人和事有了一份依赖和爱恋，也使我相信我与瑞能有着一份不了的情缘。

　　我与瑞能第一次的擦肩而过，是在 20 世纪末。刚从学校毕业的我，带着对社会、对煤矿的懵懂被分配到与瑞能一路之隔的另一家煤矿企业工作，而我的一位同学则被分配到了瑞能。学校统一分配，我们是最后一批了，而我就这样与瑞能失之交臂了。记忆中，瑞能就是个"小煤窑"，一条长约两公里的沙石路贯穿整个矿区，路边不到两米高的小窝棚很多，山坡上也有职工自己搭建的零星的简易房。唯一比较"繁华"的地方，应该是瑞能小学和路边的小王饭馆了。同学住的单身楼，楼道漆黑，房间内各种物品混杂摆放着，空气中夹杂着一股特殊的味道。唯一让人能看到矿区痕迹的，只有井口工业广场上一架高高架起的绞车导向轮，它向人们展示着这个矿区的生命力。

数载同窗情谊深，工作之余，我常去找同学侃大山。去同学那儿有两大任务，要么混口吃的，要么就死乞白赖地让同学介绍对象给我，因为我们单位好多青年人都是从瑞能找的媳妇，当时好像瑞能的姑娘都很乐意嫁到马路对面来。同学带着我东家出西家入的，遇到的人印象比较深刻的有经营餐馆的小王、炮采队的樊哥、安监科的沈哥、生产科的马哥、住在山腰的卫哥和余师傅。对于来矿比较早的他们，我一律以"姓＋哥"或"姓＋师傅"来称呼，这样一来不仅能显示我对他们的尊敬，而且或许还能得到一种庇护。

不论去谁家，油炸花生米、咸菜、炒土豆、猪头肉都是标配，若再加上当地产的轩辕特曲，对于刚参加工作的我们，就是一顿丰盛的大餐。如果哪位工友或师傅家有到婚龄的女孩，我就怂恿同学带我去，次数多了，喝起酒来也就故作豪放，总想把光鲜的一面尽可能展现。酒过三巡，各种乱侃就上了台面，工友大哥总是说井下谁把手夹了、脚碰了，这个月任务完成不错啦，奖金稳拿了，等等。矿嫂呢，嘴上说少喝少喝别喝醉了，却时不时地端起杯子和我们碰酒。而我和同学则酒壮尿人胆，和矿嫂耍起嘴皮子，让她把娘家妹子介绍给我；矿嫂也是二两酒下肚，打包票地应承一定给我瞅个如花似玉的姑娘。

人常说，心急吃不了热豆腐，我心急我对象没成功，我同学却无心插柳柳成荫，与余师傅的闺女结了婚。余师傅在建矿时就举家来到瑞能，他虽然没啥文化，但当时已经从采煤一线干到了安监科，一儿一女大学毕业后也都在矿上上班，也就是同学后来的大舅哥和爱人了。但凡矿上有什么大事发生，工友家需要什么帮助，家里做了好吃的，余师傅总让同学喊上我一起去。在我看来，余师傅虽然在安监科工作，但感觉他对矿上的事情非常热心，好像和矿长操的心一样多。

单身队伍里缺少了同窗战友，渐渐地，我也就不再去瑞能了，成为瑞能人和瑞能女婿的愿望也就被无限期搁置了。对瑞能和瑞能人的了解也仅限于此。即便如此，也让我明白了大家常说的天下煤矿是一家的含义，应该是指各处煤矿的环境和煤矿人的辛勤、善良、朴实的品格大致都差不多吧！

接下来的二十年间，同学工作表现突出，被调入了有编制的事业单位，而我与瑞能犹如两条平行线，再没半点交集。伴随着煤炭企业改制、关井去产能、重组合并等改革发展的深入，瑞能于 2015 年并入到我单位旗下，这重新唤起了我对瑞能的记忆，也催生了我这一次与瑞能矿、瑞能人的相遇相知。

2018 年 5 月 15 日，我再一次走进瑞能，对往事的记忆就如火山爆发出的岩浆一样涌出来。我再次见到了余师傅，他已经退休好几年了，单位建好的单元楼他不住，坚持要住在当初建井时依山而盖的平房里，还说他住在那里心里踏实，我想那是一名老矿工对往昔岁月和这座矿井的深深眷恋。同学的大舅哥，已经是矿上的总工程师了，他对我说余师傅退休后，也不去省城生活，执意要在矿区生活，还成天打听他的工作情况。我听后笑了，我想我是理解余师傅的，因为我感觉我与他的心是相通的。

樊哥还在瑞能，他说沈哥、马哥几年前已经被调往省城煤业集团公司了，算是从瑞能走出去的大领导了。他笑说自己变化最大的是头发少了，成"秃瓢"了，由于自己文化程度低，多年来也没太大长进，现在生产部仍然分管采煤工作，好在孩子长大了，正在国外读书呢。听他这样讲，我心里有过丝丝酸楚，但也有一点宽慰，因为"煤几代"的故事在他身上应该不会再发生了。

好多熟悉的老矿工有的已经回了老家，有的随儿女们进城过上了幸福的晚年生活，也有一些煤二代和煤三代依然坚守在自己的工作岗位上，正在用智慧和对矿山的深情使瑞能发生着新变化。总工程师说现在井下煤层虽然薄，但我们也是使用"薄煤层智能化无煤柱开采"的先进开采技术，井下建得如工厂一样，安全生产也突破了五千天。我听后，内心生出丝丝的满足和骄傲。

现任瑞能经理对我讲，他是去年受命来瑞能的，瑞能在矿井安全生产系统、地面人居环境及企业基础管理方面，前几年变化不大，他决定用两年时间让瑞能跟上现代企业管理的步伐，跟上总公司战略发展要求。从我亲眼所见及与工友们的交谈中，我知道了瑞能近一年来的巨大变化，唯独没变的是瑞能人的创业精神……

沿着干净整洁的公路向矿区深处走去，格桑花簇拥两旁，似在欢迎每一位来访者；习近平总书记的新年贺词——"幸福都是奋斗出来的"在宣传墙最醒目的位置；矿区中心广场上，有平整宽阔的停车场，还有富有诗意的"静观园""槐香谷"；曾经的矸石山如今也变成了职工家属的菜园子，放眼望去，满眼翠绿。美丽新瑞能的概念已深深印在我脑中。多年前，路遥先生为瑞能人留下了深情寄语——"今天的努力是为了明天的繁荣",今天的瑞能已印证了这句话。

今天,我再续前缘,走进瑞能,成为瑞能人,感受到眼前的巨大变化和瑞能人一直未变的创业精神,我觉得我是幸运的。我想只要把自己与瑞能的情缘投入到实实在在的工作中,与瑞能人心连心手挽手,就一定会把瑞能建设成为更加美丽、和谐、精优的新型煤矿,也一定能让瑞能的职工过上幸福的新生活。

以后的路还很长,我与瑞能的情缘才刚刚开始!

# "北移" 初印象——搬家

一号煤矿　贺小锐

1989 年 11 月，我和母亲、弟弟随父亲坐着单位派的解放牌绿色大卡车从合阳王村搬到了黄陵店头，从渭北平原搬迁到了陕北黄土高原。我现在依然清晰地记得当时搬家的场景。那年冬天异常寒冷，我中午放学回到家看到父亲和几个同事正忙碌着往车厢里搬东西，床板立在车厢两侧，使车帮高了许多以便放更多的东西。其实也就是一台缝纫机、一个大衣柜和锅碗瓢盆等杂七杂八的东西，没有什么值钱的，但都是生活必需的。

车厢被塞得满满的，父亲在装家具时专门留出一块地方，我们一家人就挤在这个小小的空间里。天色渐渐暗下来，越来越冷，母亲翻出被子盖在我们身上，大家挤在一起相互取暖，不知不觉我在汽车的颠簸中睡着了。记得到达店头的时候已经是凌晨 2 点了，当我看到眼前一片枯黄的玉米地，以及远处一盏暗红的灯和连绵不断的山峦时，因眼前的凄凉景象而心生恐惧。

父亲忙着卸东西，母亲忙着收拾家，我和弟弟坐在院子里被这陌生的环境笼罩着。天一点点亮了起来，我才看清了远处的山和近处的村庄，一排排红砖砌的窑洞和土坯夯实的院墙，干枯的玉米地一片连着一片。在王村，这个时候麦芽已经长出来了。

店头就成了我们的家。我们就住在店头七丰村，父亲则在距店头十几里的新庄科上班。父亲每天早上5点准时出门，打着手电筒，蹬着"永久"牌自行车去上班，他的工作主要是为黄陵矿业运煤铁路修隧道。在父亲与母亲的对话里，我知道父亲上班的地方特别艰苦，因为工地是临时的，职工住的宿舍都是活动板房，这种活动板房就是用泡沫夹芯板做成的，特点就是：冬冷夏热。尤其是一到夏天牛虻就疯狂地、肆无忌惮地在身体任何部位贪婪地吸着血，职工们的身体经常被牛虻叮得红肿，严重的变得浮肿，几天上不了班。单位设施很简陋，没有澡堂，职工们下了班就自己在宿舍烧上一盆热水，打点香皂洗个澡；衣服脏了就到河里去洗；买个东西都要骑自行车跑到十几里外的镇上去买。

1992年铁路隧道修通了，父亲又随着单位来到了花家庄，我们家也从七丰村搬到了鲁寺东沟。在我的印象里我们家经常随着父亲工作的变动而搬家。其实，像我们这种基建单位的家庭搬家已经成了常态。

花家庄是黄陵矿业的二号风井，位于仓村塬上，由于那时去花家庄的道路没有修通，父亲上班只能沿着山间小路蜿蜒而上，走路大约需要一个半小时。路两边都是灌木丛，一条小溪从山涧流过，傍晚经常有野鹿、野猪出没。由于路不好走，父亲几乎是半个月才回来一次。父亲每次上班走时，都会背些母亲做好的咸菜和烙好的饼子。因为那时父亲的工资只有三四百块钱，除了家里开销外，还要供我和哥哥上学用。因此，父亲只能从牙缝里抠。

1997 年，随着工程竣工，单位再没有找到别的工程，父亲和他的同事们陆续开始下岗。我们家又从鲁寺东沟搬到了仓斜沟原陕西煤炭建设公司二处办公区的一间平房里，我们在这里一直住到 2013 年，我也在这不足三十平方米的房子里结婚生子。

2013 年，我终于在黄陵矿业家属区买了一套属于自己的房子，这次我们家总算安定下来了，再也不用搬家了，父母也随我住进了宽敞明亮的楼房。

我每每看着父亲爬满皱纹的额头，心里总有种说不出的酸楚。父亲一辈子为了工作东奔西走，搬家无数，常常与家人聚少离多。他舍弃了繁华的城镇，一辈子都住在山沟里，与大山为伴，与孤独为伴，与工作为伴，在这荒凉的大山里奉献着自己的青春和汗水。正是有了父亲这一代陕煤人的无私奉献，才有了我们现在美满幸福的生活；也正是有了父亲这一代陕煤人舍小家爱大家的"北移"精神，才有了黄陵矿业繁荣昌盛的今天。

# 彼彼相若，风雨同程

公司机关　陈莉

　　记得那是 1993 年的冬天，随着父亲的工作调动，我们全家从黄河西岸的韩城转场到大山深处的黄陵。那年，我刚满七岁，对于那时的我而言，一路的颠簸让路途显得格外遥远。当我哈了口气融化了车窗上的霜花，呈现在我面前的是一片破败与荒凉的景象。矿区建设才刚刚起步，陌生的环境让我感到些许的局促与不安。和其他的矿区家属一起，我们被集中安置在离矿区两公里的地方居住下来。韩城和黄陵都是多山的，我的童年就是在这荒山沟壑间度过的。到现在我仍记忆犹新，每天清晨，天才蒙蒙亮，我们这一拨大大小小的孩子就被轰出家门，个个都是睡眼惺忪的样子，有的甚至还哭丧着小脸儿。然而当第一束阳光照在我们身上时，就立刻忘掉了起床时的幽怨。我们牵着手蹦跳着、嬉闹着、说笑着，沿着排排的铁轨，踏着露草去矿区学校上学。至今我还清晰地记得踩在铁轨枕木上的踏实，记得在铁轨上摇晃着练习平衡的慌张。韶华易逝，童年的片段都是美好而短暂的，没过多久我们搬进了离学校很近的矿区新建的家属楼。因为距离近，早上赖床成了常事儿。父亲早就看出我的小心思，每天在车铃儿的催促声中我才背上书包冲出门，拽着父亲的衣角，跳上他那辆二八自行车的后座，做他最幸福的小包袱儿。我交叉着双腿，得意地拍着父亲坚实的后背，催促他再快些，如果能超车我更要为他拍掌叫好。

那时候的交通是闭塞的，矿区只有横竖两条街道，记忆中直至小学毕业，我离开店头的次数也是屈指可数的。那时的我对于大山外的世界毫无概念，只是在大人们的闲谈中得知，有个地方叫西安，从这里到那里好远好远，每天就一两趟班车，车程要六七个小时。因为遥不可及，自然也就没了期盼，于是我就这样无忧无虑地享受着大山里的生活，矿区也就成了我们这些孩子的整个世界，安心并满足于玩伴儿圈子里的快乐。虽说都生活在矿区，然而矿区内外是截然不同的两种环境氛围，一排排青砖红瓦筑起的高墙作为屏障，屏障内矗立的是一座座楼房，路面是用水泥铺就的。矿区外是原汁原味的黄土高原风貌，晴天时过往的车辆扬尘四起，遇到下雨天，道路就会变得泥泞不堪，所以也就无形中约束了我们这些孩子的活动范围。我们平时最常去的地方就是巴掌大的一块商户区。所谓的商户区也就是简单的几个小商店、小吃铺。每到夏天的傍晚，总是会聚集好多小朋友在门前，玩丢沙包、捉迷藏、拍画片等一些当时盛行的小游戏，玩累了就偷偷地拿出攒下的零用钱买雪糕、跳跳糖、辣条等小零食过把嘴瘾。

时光荏苒，2000 年年初的矿区，已经迅速发展壮大。随着产业规模化，职工队伍更加壮大，鳞次栉比的楼房拔地而起。同时建起的还有矿区医院、职工餐厅、中心小区配套市场，整个矿区的面貌焕然一新，就连街道也变得干净整洁了，交通也便利了许多。这一年，邻居眼中那个总是留着齐耳短发、齐眉刘海的小姑娘第一次背井离乡，和班里的一些同学考入了就近的铜川市的高中。那个时候的矿区，有个响亮且让我们引以为豪的名字——"大山里的金凤凰"。我们带着青涩、带着好奇、带着憧憬，走出了闭塞的大山，踏上了我们的求学之路，怀抱着一份美好，日复一日，年复一年，读完高中上大学。生活不断地发生变化，矿区的面貌更是日新月异，小区内开始出现了私家车，通信由原来的 BB 机、小灵通变成了摩托罗拉、诺基亚手机，每逢节假日回到矿区，都会有不一样的感觉。不知从何时起，道路两边种满了榕树、榆树和柳树。每逢春夏，垂柳随风飘扬，柳絮漫天飞舞，和着阵阵凉风，伴随着河塘里蟾蜍的鸣叫声，上演着一曲和谐的乐章。

也许是冥冥注定，走出大山的我毕业后再次回到了我曾经汲取过养分的这片土地工作。起初我是抵触的，可是，再丰满的理想也抵挡不过现实的残酷，有多少人还在为找不到工作而东奔西跑，我是幸运的，还没毕业就已经提前开始了岗前的入职培训。紧接着，我这个"矿归"和新来的同事们一起正式签约黄陵矿业，成了名副其实的黄陵矿业人。工作的这些年，矿区发生了翻天覆地的变化，在桥山宽厚的臂弯中，在沮水轻柔的怀抱里，浓郁的绿色映衬着红顶白墙，错落有致的高楼，宽敞明亮的厂房，高耸的冷却塔，清洁的厂区，环境优美。为改善生活条件，黄陵矿业先后又为1914名职工安建了新房，此外，大学生公寓、游泳馆、宾馆、文体活动中心、小吃城、精品生活超市、矿山公园等应有尽有，一河两岸工程等配套设施相继建成。小区规划了停车位，职工的收入翻了一番又一番，幸福指数逐年攀升，如今的矿区呈现出一幅天蓝、地净、水清、山绿的多彩画卷。今天，我们的矿工兄弟们更加自豪，尤其是智能化无人开采，实现了在地面上操控系统进行采煤，刷新了煤矿工人"煤黑子"的形象，让他们"靓"了起来，一个个西装革履，呈现出都市蓝领的姿态，无论颜值、气质都让你不禁跷指赞扬。至今还记得当公司摘取了工业领域的奥斯卡大奖——中国工业大奖桂冠的那一刻，朋友圈沸腾了，瞬时被这则消息刷屏。黄陵矿业人为之振奋，感怀矿区一路走来的艰苦历程，感恩企业的蓬勃发展。

　　曾经那个年少青涩的我，伴随着企业一步步地成长着。在成长的过程中，我收获了甜蜜的爱情，组建了幸福的小家，并且结出了丰硕的果实。又逢矿区雨后，巍巍的桥山更加青翠，潺潺的沮水欢快地流淌，清新的空气笼罩着整个矿区，出门散步的人们三三两两，小心翼翼地躲过路面的积水，他们谈论着天气，谈论着工作生活。广场上大石头旁，一群追风似的孩子们踩着滑板车在肆意撒欢。看着他们嬉戏的身影，脑海中浮现出我的童年时光，旁边的老人在不停地在喊着："慢点，慢点!"他们的话里虽然充满爱意的提醒与责怪，脸上却洋溢着慈祥的笑容。最亮丽的风景是成群的年轻辣妈们你一句我一句交流着育儿经；悠扬的音乐声中，热情时尚的大姐、阿姨们舒展着腰肢跳起了欢快的舞步，舞动着内心深处的青春；跑道上，年轻的小伙子们戴着耳机迈着坚实的步伐，汗水湿透了衣衫。

　　"妈妈，你看，彩虹!"身后传来我的小棉袄稚嫩的童声……

# 恰好你来，恰好我在

## ——写在黄陵矿业荣获中国工业大奖之际

公司机关　王新尹

中国工业大奖是国务院批准设立的我国工业领域最高奖项，代表我国工业发展的最高水平。2016 年 12 月 11 日，黄陵矿业集团有限公司荣获第四届中国工业大奖，成了中国工业企业的一个标杆。我作为黄陵矿业公司的一名员工，能在人民大会堂亲眼见证颁奖，亲耳聆听董事长代表先进企业演讲，心里感慨无限。黄陵矿业和工业大奖的相遇，可以说是在一个美妙的季节里发生的一段美妙的故事。

接到进入人民大会堂做宣传工作通知的那一刻，我瞬间感受到了强大的压力。为了以新的面貌走进庄严而神圣的地方，我特意去买了一套新西装。印象里，我只为自己买过两套西装，之前买的那套是结婚时候穿的。

待在人民大会堂的大半天时间里，作为一名宣传工作人员，我是不称职的。那天我满脑子里"跑火车"，想的都是这些年在黄陵矿区的过往。我是 2009 年矿区招收的那批大学生里的一员。记得来矿区报到的那天，推开公寓宿舍门的那一瞬间，我简直惊呆了。进门之前我交了一个月一百五十块钱的住宿费，我躺在床上算，一个月一百五十元，一天才五块钱，可这条件比西安城里的酒店标准间好啊！上班没几个月，骑着"二八大杠"的我发现，身边一起来的同事们摩托车买了一辆接一辆。大致一年多时间，居然有人买了小轿车，有照没车的我看到别人开着车上班，馋得心里直痒痒。也就是在当时，我发现在黄陵矿区工作，梦想离现实并不遥远。

这几年，无论在机关还是在基层工作，和老职工们聊天是我的一大爱好，当然聊得最多的就是黄陵矿业的前世今生。从基本建设到一号煤矿的试生产，从一个小煤窑到现在的多业并举，从几十人的团队到现在的数万名干部职工，在短短二十来年的时间里，企业从无到有、由弱变强，每每聊起这些，心中都热血澎湃。前几年是煤炭行业大发展的时期，企业效益好，员工的待遇好，我们这批大学生渐渐都讨了媳妇、有了孩子，后来又分到了房子，买了车子，企业逐步解决了大家的后顾之忧。如今，当年来的那批青涩娃娃们有当处长的，有做科长、队长的，可以说几乎都是黄陵矿业的骨干力量。今年黄陵矿业二十七岁，恰好企业青春年少，我们芳华正好。

2016年12月11日下午3时许，当颁奖的音乐响起来的时候，我和前来见证这一时刻的同事们一样，心里似有一团火焰在燃烧。小时候，母亲说我的眼泪不值钱，当然这次也不例外，当激动之情从心底涌出的一刹那，泪水也席卷了我的眼眶。明晃晃的奖牌在我的照相机前反射着耀眼的光芒，似想告诉我，这是一场久违的邂逅。颁奖过后，我坐在一个角落里往朋友圈发了条微信，配了两张图片，几分钟过后，"正能量"占满了手机屏幕。我细细地看了一位友人点赞之后的回复，写的是：祝贺黄陵矿区！我这位老大哥十几年前在矿区工作，也是黄陵矿业的职工，由于特殊原因调到北京工作。虽只回复了寥寥几字，我想，他心中的感触会比我更多。

最清晰的脚印，留在最泥泞的路上。历史必将告诉未来：黄陵矿业人终究是幸福的，幸福的人并不是拥有最好的一切，幸福的人是可以把一切都变得更好。想象一下黄陵矿业的下一个二十年，就像一本岁月的画册，画册有序，序上书有"恰好你来，恰好我在"。执笔末，祝福黄陵矿业的未来，宽宏似海！

# 沮水河畔桃花开

瑞能煤业　邵庆芳

　　真正意义上到店头，已是深秋，我自然错过了桃花盛开的季节，更不可能看到满山遍野的山桃花了，但听朋友绘声绘色的描述，视觉上已经让我垂涎三尺。爱桃花是根植于内心多年的乡情。"在那桃花盛开的地方，有我迷人的故乡，桃园荡漾着孩子们的笑声，桃花映红了姑娘的脸庞……"——有名的蜜桃之乡，就是我可爱的故乡。"天有王母蟠桃，地有天水蜜桃"，这是对我家乡的盛赞。而我是吃着爷爷种的蜜桃长大的天水姑娘！从桃树发芽开花结果到采摘，每一个环节我都非常熟悉。在所有的环节中，我最喜欢"打花"。打花就是把还没完全盛开的桃花摘下晒在院子的水泥地上，这样一来满院子会飘起一股清香，伴着袅袅的农家炊烟，让人陶醉；等花干了，既可以当养颜美容的花茶，也可以用来泡脚缓解一天的疲劳，真是物尽其用。离开故乡多年，桃花已然成为我对故乡的牵挂。

　　桥山脚下，沮水河畔，煤城店头，大学期间和朋友到黄帝陵游玩，顺道来过一次，当时的印象里除了各处的灰尘和一辆辆拉煤的卡车，似乎再没见到新鲜愉悦的事物。也许命中有缘，十多年后跟随爱人再来这里，出现在眼前的情景已不是当年的模样。街道干净，桥山如黛，沮水潺潺，如日中天的黄陵矿业绝对是店头对外的一张烫金名片！尤其是朋友形容的"湛蓝湛蓝的天，粉红粉红的花"，好一个漂亮的店头！"野店桃花红粉姿，陌头杨柳绿烟丝"，像极了店头的山；"桃花尽日随流水，洞在清溪何处边"，像极了沮水河畔。瞬间，仿佛天高云淡，鸟语花香，像牵了陶渊明先生的手走进了桃花源，这感觉正是我理想中的乡下生活，不用说已然爱上这里。可惜，来时错过季节，所以期盼桃花的盛开成为我在店头第一年的一个心愿。还好，经过了一个冬季的隐忍，惊蛰一过，春醒桃花开，我有了一种冲动，想成为今年店头第一个见到桃花开放的人。3月初到，我就迫不及待地爬上店头的一个山头，尽管我知道此刻桃树并没有开花，但我依然心情愉悦，脚步轻盈。满坡的桃树正含苞待放，迎着阳光与春风。我穿行于桃林，抚摸着每一枝饱满的花骨朵，感觉它们像吸足了冬天的营养，正蓄势待发地回报一个娇艳的春天。远处青山绵延，也难掩一树树含苞欲放的花蕾，远远望去，像群山披着轻盈的面纱，那样朦胧那样唯美。"人人眼中可无，人人心中可有"，这句话突然跳出脑海，这正是此刻我看桃花的心境啊！于是，我不再等待和期盼一树花开时的繁花似锦了。心中一片桃花源，故乡千里万里也不远，这样想着，心已然满足。

自古以来，人们就把桃花与爱情联系在一起。"桃之夭夭，灼灼其华"是《诗经》里的记载；"人面不知何处去，桃花依旧笑春风。"崔护的《题都城南庄》中也隐藏着一个动人的爱情故事。回头想想自己，这么多年走过许多地方，始终陪在身旁、永远温暖相伴的就是家。心安便是归处！店头，成了我的新家！看着儿子正在如花蕾一般健康成长，爱人也如勤劳的蜜蜂一样早出晚归地努力工作，幸福或许不过如此。"十里桃花，不如你镜中芳华"，不看镜子，我也知道我笑靥如花。

傍晚时分，看远处农家炊烟袅袅升起，家便成为一种饱含深情的回归。下山回家，神清气爽，归途中还不忘折一把桃枝，期待着下次"花开时节又逢君"。恰好你开，恰好我来，不早不晚，一挑眉的惊喜，让我看到满山桃花！

# 子午岭桥山的早晨

发电公司　李欣

周末清晨，我身处子午岭桥山山腹之中，闭目而憩，桥山静得似乎连她的心跳都可以听见。太阳似乎还未觉醒，静默地沉睡于桥山之下。被薄雾笼罩的山脉，此起彼伏，形态各异，肥瘦相间。山野被微风勾勒得凹凸不平，薄雾青烟弥漫，如同造物主用手中的轻纱在温柔地抚摸着桥山大地，又好似山水画家神来之笔的杰作那尚未干燥的温润。大地的灵气汇聚于此，伴随着弥漫的烟云，湿润的山脊，葱郁的树木，青草间昆虫的唧唧声，我似乎成仙了。身处桥山怀腹之中，早起的桥山执着坚守着她的使命，呵护着她的生灵。现在如此，未来也是如此，再久的日子也都是如此。

欲将升起的朝霞在向我慢慢地走来，我闭上眼睛感受着这阳光初见时的美好，我沐浴着，聆听着，畅想着。

半山上的松柏享受着桥山母亲的恩赐。山间静得似乎连松柏吸食雨露的声音都能听到——用心去听，可以的。初春的早晨微风轻抚着山层表面的杨柳、松柏，虫子们似乎也该觉醒了，它们闭上眼睛淘气地笑着，温顺地任微风轻抚它们的皮肤。早起的庄稼人忙着收拾田地，他们面带笑容，满怀欣喜地相互聊着，随意地调着。不远处，一条小溪潺潺的流水之声将我的目光带走，她横穿于山谷，流水干净清澈而清甜，宛如舞动的少女在摆动着婀娜的身姿，叮咚之声成就了淡雅的乐音。这乐音如同孩子在吮吸着母亲的乳头，如此祥和、安静。

我慢慢地向着山下走去，突然间看到一户农舍，屋子的男主人用细木棍敲打着羊群从院子中走出来，向着山上初春贫瘠的草地走去，脚下这片沉睡的土地似乎被他抽打羊群的声音所惊醒。在羊群走过的路上，鸟儿们鸣着欢愉的天籁，庄稼人奏响了带有乡间泥土气息的旋律，和羊群的咩咩之声交相辉映，仿佛在向远处的人们诉说着这里的祥和宁静。山下散落着十几家农舍，远眺过去，此时每家每户的烟囱上都冒起了缕缕青烟，柴火的味道慢慢地散浮于空中，和山峦上的薄雾交织在一起，将桥山笼罩得更加神秘温柔，如同一位美丽的戴着面纱的少女。早起的村民或三五成群地收拾着院子，或扛着锄头下地，忽然间我听到一阵脆亮的稚嫩声音，晃晃悠悠地从山下传了上来，穿过了山间的松柏田地。孩童们背着小书包，如蜻蜓一般，在田间、在半山上、在玉米地里、在树林里飞舞着，将父母的嘱托和希望从山中带走，带向远方。

桥山中的薄雾还未完全散去。我仿佛听到了山野间、山梁上、草丛里、树林中，昆虫的饮露之声和树木抽芽的声音，向庄稼人昭示着春的希望。山间的三叶草似乎在破土而出，争抢着朝阳的抚摸。田地中锄地的人放下了锄头，坐在地沿边上悠然地点起一根烟，慢慢吸着，抓起一把泥土，满怀笑容，欣喜地吐了一口烟圈。许久后，他才直起身子，伸了个长长的懒腰，哼着小曲，扛起锄头晃晃然地走出田地，往家走去，满载着喜悦和甜蜜。

就在我凝神注目的时候，恍惚间，桥山上的雾已渐渐散去，山的脊梁光明宽敞地映在了我的眼中，清新，葱郁，呈现出一片新鲜的格调来。太美了！我闭目凝神，用力去呼吸那桥山的空气，空气干净得不带有一丝喧器，心灵静静地沉浸在这淡雅祥和之中。微风拂过，看！那乡间村落的宁静，桥山即将到来的葱郁，田地中将要破土而出的庄稼。听！那上学的孩子们爽朗的笑声，放羊人的乡音，丛林中的各种天籁乐音。想！山间的绿意盎然，田野间的丰收……睁开眼睛，我换了口气，仿佛烦恼已然不再，心灵得到了净化和放飞，纯美的感触油然而生。

桥山的早晨，苍茫葱郁，淡雅祥和，静得连她的呼吸似乎都可以听见。身处山腹中如同置身世外桃源，淡然宁静。这一幅温润、轻烟弥漫的泼墨山水画让我足足凝视了半个小时，心灵跟随着她的"呼吸"放歌了好长好长时间……

# 煤城五月槐花飘香

铁运公司　刘大鹏

　　人间四月芳菲尽，山间槐花始盛开。每年五月春夏之交，正是槐花灿然绽放的季节，嫩绿的叶子衬托着雪白雪白的花朵，白得耀眼，清香扑鼻。你看那美丽的槐花，娇中带羞，含蕊吐芳，笑脸盈盈，仪态艳丽，仿佛是能工巧匠们用白玉雕刻而成，又仿佛是美的使者从天外来到人间，让你驻足树前，流连忘返，不思离别。

　　五月，店头漫山遍野的槐花盛开，香飘万里，美丽清香。盛开的槐花好像给翠绿的山头披上了一层白纱，又仿佛一片白云绕在山间，随风飘动，组成一幅美丽的槐花闹春图。一枝枝白花就像一串串跳动的音符，谱写出春夏的乐章；一朵朵槐花串成银光闪闪的项链，又似一串串精致银铃，挂满枝头。微风吹过沙沙作响，幽香迎面扑来，让你飘飘欲仙，微酣且醉。

　　举目远眺，店头的山山峁峁、河沟地畔，一团团，一簇簇，雪白雪白的花朵绽放在枝头。它们像破土而出的竹笋，高昂着头，展示自己的风采，散发着沁人心脾的香甜，惹得蜜蜂在花

丛中翩翩起舞，真是美不胜收，也勾起了人们对槐花的无数美
好回忆。

　　当人置身于山间河畔，定会赏心悦目，怡然自得，把一切
苦恼和烦恼都抛到九霄云外。美丽洁白的槐花，你使我多了一
份春天的快乐，我喜欢你！

# 小站秋色

铁运公司　杨超

　　秋天是带有梦幻色彩的季节。入秋后，树叶将绵延的小山描画出金黄色的曲线，也将铁运公司七里镇车站装点出秋的韵味。被夕阳拉长了的检车员的身影，与铁轨一同向远处延伸，伴随着叮叮当当的敲打声，勾勒出静谧的秋之图画。

　　在五十公里的煤炭铁路专用线上有五个车站，七里镇车站只是其中的一个小站，却是车站工作人员心中温暖的小家。每天呼啸而过的列车见证了小站一年四季景色的变化。作为检车员队伍中的一员，我跟随检车队伍用脚步丈量着铁路的距离，也尽览小站每一天的风景，这一切都成为记忆中最美的画面。

　　小站的秋天是最有韵味的，如一幅斑斓油彩画的秋色也让人为之陶醉。天气昼夜温差大，早上起来还是秋高气爽、微风习习，到了中午又能够让人感受到炎炎烈日、大汗淋漓的酣畅。一天之内仿佛秋天和夏天来回更替，这对于我们车检员来说，是种不同的人生体验，也给小站的秋天平添了几分乐趣。站台上，各色美景映入眼帘，蜿蜒的列车和轨道，朵朵白云点缀在湛蓝的天空，泛黄的树叶迎风飘摆，花草也在秋风的感染下变幻出多种色彩，把绵延的小山装点成了五彩缤纷的绸缎，随铁轨延伸进这秋天的画卷，仿若"落霞与孤鹜齐飞，秋水共长天一色"的意境。

晴朗的秋日，小站在阳光的照射下静谧而温暖；阴雨蒙蒙中，小站又展现出另一种醉人的美景。在文人墨客的笔墨中，秋风、秋雨大多都是残酷的，都是凄冷的，都是令人心碎的，但阴雨中的小站却因忙碌的场景并不显萧条。火车的鸣笛呜呜响起，列车从远处奔驰而来，紧张忙碌的工作人员，都成为雨中秋色不可或缺的元素。灰蒙蒙的天空，与远处的山坡融为一体，凌乱的乌云如墨滴浸入水中，晕染开来，仿若一幅水墨画，也让小站这个北方建筑有了江南水乡的意境。列车奔驰而过的轰鸣声，检车员叮叮当当的敲打声，鸟儿们叽叽喳喳的吵闹声，也都融在这蒙蒙烟雨中，成为秋天最美的声音。

匆匆时光，带给小站不同季节的景色。不管阴雨还是晴朗，小站的秋天，静谧而美好。

# 岁月故事之七里镇小记

铁运公司　赵媛媛

岁月如索，捆扎着回忆的行囊，将童年定格在泛黄的照片里。

岁月如漏，流逝着匆匆的年华，将少年淡却在斑斓的青春里。

岁月如河，翻滚着风蚀的水车，将所有遗失的美好洒进奔流不息的沮河。

故事里的人和事，故事外的你和我，岁月模糊的是故事，走过的却是生活。

——题记

走在岁月故事里的我，更愿意用平凡来形容自己。因为平凡让我接触到最为朴实的情感，最为真诚的劝告；也因为平凡，让这份感情少了色彩的渲染，多了份亲切的怀念；同时也因这平凡的经历，让沉淀下来的我感触到他们身上所蕴藏的美。

初春和煦的阳光开始剥落大地的羞涩，近处的柳枝、远处的桃花不露声色地彰显着曼妙的容姿，温柔地与沮河一起构成一幅浓淡两相宜的七里镇站山水画。伴随着火车的鸣笛声，师傅们又开始了他们周而复始的忙碌。

作为整个铁路运输公司的中心站和枢纽，七里镇站始终保持着它日夜不停歇的劳作，承担着黄陵站所有进入列车的到达、解体、编组、交接、摘挂、始发任务。当镜头里的景象在轰轰隆隆的往返中渐行渐远时，所有凝结的往事仿佛都活跃起来，占据了整个心头。故事就这样缓缓开始，虽然没有想象中的流光溢彩、繁花似锦、安逸闲适，但却因有着真实的泥墙砖瓦、铁轨车辆，以及铁路运输人特有的质朴温馨，让成长的脚步显得更为踏实。

许是经历过岁月打磨的缘故，他们笑起来眼角的纹路总是显得更深些。但也恰是这细小的真实，让我体会到他们的幽默风趣、率真坦诚、默契信任、团结协作。他们就是那些教会我如何对待工作和生活的货运师傅。仍然记得初见倪师傅时的感觉，高高的个子恰似一棵端正的树，一套工作服如秋日里的一抹阳光，麦色里留着一弯笑。师傅的平实和健谈，让初到货运室的我丢掉了陌生感和拘束感，在不知不觉中就融入了货运大家庭。

至今犹记初学货车检查时倪师傅的那句话："这些活都是熟练工种，没有学不会的，只有细心不细心、肯学不肯学。"

这让原本外行的我，丢下了包袱，有了学会的信心，并且受用至今。没有时刻絮叨、时刻教训，只是在实际的工作中，帮助你总结经验，让你记住盲点，这是倪师傅传授经验的法宝。例如在看车中，他不会直接点出你的漏洞，而是提醒你自己在检车中去发现。有时候他也会用打分的方式来让我总结一天的收获与得失，让我不仅看到了自己的进步，也在愉悦中反省了自己的不足，从而获得更强的学习动力。

当然，货运室这个大家庭里除了倪师傅外，还有他的好搭档赵师傅。相比倪师傅，赵师傅就略显沉稳，话虽少，但讲起检车来却是字字铿锵。倪师傅和赵师傅的默契搭档除了缘于他们工作上的互补，还缘于他们都怀着"朴实的人生也是福"的人生观。不管是摩擦还是误会，都无损他们知交的情谊。同时也正是因为有了这份默契，他们原本枯燥烦琐的工作，在重复中多了份理解的乐趣。

睢师傅是我的货运内勤师傅，也是铁三角里唯一的女搭档。她虽只年长我几岁，却有着丰富的内勤工作经验。记得刚接触内勤工作的我，总是毛毛糙糙，理不出头绪，把看似简单的活计弄成一团麻。她总是不厌其烦地教我理顺步骤，先重点后次要，做好当前记录，在重复中检验正误。虽然是看似简单的说理，却让我这粗心大意的毛病改了不少。

当然，教给我知识和技能的远不止这三位师傅，还有认真的刘师傅，勤快的柏师傅……是他们让我懂得什么是年复一年的坚守，什么是脚踏实地的耕耘，什么是众志成城的"铁运"意志。

岁月的故事就这样在平凡的日子积累、叠加、重复。尽管他们的故事没有跌宕曲折的情节，有的只是周而复始的作业，但这并不妨碍他们低吟时光的歌谣；尽管他们的故事缺乏张扬，有的只是默默无闻的操作，但这并不妨碍他们抒发美好的情志；尽管他们的故事不够轰动，有的只是兢兢业业的守护，但这并不妨碍他们满怀对生活的憧憬。

正如洒在这希望季节里的点点滴滴，又何尝不是他们岁月足迹里的真实写照？当回顾的眼眸旁出现皱纹，当银灿的白丝悄然入发，想起曾经走过的岁月也是虽苦犹甜。

# 煤城，我的家乡

机电公司　孙少平

　　在陕西中部，古都西安的北面有一座小城叫铜川，古称同官。已故作家路遥的著名长篇小说《平凡的世界》中将其称为铜城。那里弥漫过春秋战国的硝烟，经历过大唐盛世的繁华，流传着孟姜女、鬼谷子、彭祖等人的传说，诞生了柳公权、范宽、孙思邈等历史名家。铜川在 1958 年便因为丰厚的煤炭资源而建市，是陕西省继西安市之后的第二个省辖市。它便是我的家乡，我长大成人的地方。

　　儿时印象中的铜川，面积虽小却很繁华，天南地北的人会聚于此，其中尤以河南人为多，只因为源源不断的"乌金"从地下被挖出，转换成了这座小城经济得以飞速发展的燃料。那时的人们都挺时髦，省城有什么新鲜事物，要不了多久铜川也会有。那时铜川的支柱产业就是煤炭，其次是水泥与电解铝。但就是因为产业较为单一，且都是对环境有破坏与污染的行业，因此还被中央电视台的新闻报道过，被称为"卫星上看不到的城市"。"天晴满身灰，下雨都是泥，吃饭要捂碗，走路需眯眼"就是当时环境的真实写照。被严重的工业污染所笼罩的市区环境，一直是我心头挥之不去的痛。

　　进入 21 世纪之后的铜川，因为煤炭资源日益枯竭，昔日忙碌的矿井纷纷关闭，连当年的重点企业陕西煤炭建设公司也在2014 年被迫改制，员工进行分流安置，我爱人便在那次人员分流中来到了黄陵店头。而我也响应"北移精神"的号召，来到黄陵矿业工作，并决心扎根黄陵矿业，建功立业。如今儿子已经三岁了，从小在店头长大。因为离家较远，我对家乡的印象基本还停留在五年前的样子。今年春节前我早早接到家人的电话，说从铜川的社区免费领回了好多张铜川几处著名景点的门票，当时我便决定趁着春节假期带上家人去好好看看。于是春节走亲访友闲暇之际，我与家人分别去了铜川的药王山、玉华宫。

　　药王山，位于铜川市耀州区，唐代称磬玉山，宋代后称五台山。山上古柏苍翠，碑石林立，是中国隋唐时期著名医学家、被称为"药王"的孙思邈晚年归隐之地，药王山也因此而得名。明代修建的药王大殿至今依然巍然耸立。上小学的时候，每年清明节，学校便会组织我们到药王山下的烈士陵园扫墓，同时顺道逛一下药王山便当作是春游了。那时药王山旁边就有一家大型水泥厂，一路上尘土飞扬，人们苦不堪言。山上道路也都是坑洼土路，各处老建筑也尽是一副年久失修、破败不堪的样子，游客更是寥寥无几。如今的药王山模样大变，几乎推翻了我对它所有的记忆。一条宽阔的药王大道从耀州区直通到药王山，原先简陋的景区大门被一座雄伟大气的门楼所代替，门楼前新建的药王广场更是壮观，太极浮雕、十二兽首雕塑颇为震撼，景区内更是修缮一新，也新添了很多基础设施。山间道路更是铺成了古色古香的石条路，条条道路上都是面带笑颜的游客。千年前的药王一定不会预见，他的隐居之地，如今变成了香火鼎盛的人间道场。我唯一的遗憾就是小时候常摸的"摸摸爷"塑像，出于保护文物的目的被隔离了起来，只能隔栏相望，默默回忆。

玉华宫，中国西部唯一集皇家避暑行宫、高僧圆寂地为一体的旅游胜地。它位于铜川市西北郊玉华镇，景区内自然风景秀丽，层峦叠嶂，林木竞秀，飞瀑高悬。玄奘法师当年从西天取回佛经后，便是在这里翻译经书，直至圆寂的。由于去年秋天我刚带家人到这里看过菊花展，当时千亩形态各异的菊花竞相绽放的美景依然深刻脑海，景区内的各个景点我们都轻车熟路。但没想到时隔不久，玉华宫便又给了我们全家一个大大的惊喜。当我们步行走过玄奘纪念馆，刚刚走近珊瑚谷，便被眼前的景色震撼了。首先映入眼帘的便是一堵晶莹剔透又高大的标志墙，墙下有门洞，墙头还有二龙戏珠的冰雕，宛如两条真的水龙，活灵活现。迈过冰砌的小桥，沿路一座座冰塔构成的塔林，一个个栩栩如生的人物或动物造像，美不胜收！行至尽头，是一座高达数十米、顶天立地的天然冰柱，耸立在西宫石崖之上……一天转下来，儿子兴奋得一刻也不停歇，家人们也因为美景而忘记了寒冷，手机里都多了几百张美丽的人物、景观照片。

如今的铜川真的是大变样了，首先在环境上已经不再是卫星上看不到的小煤城了，已经变成了天蓝、水秀、山青、人美的新城市，资源再生从"地下"发展到了"地上"，深度开发旅游资源成了经济发展的新能源。有着上百年煤炭开采历史的老煤城，即将不再产煤，铜川已经走上了一条"既要金山银山，也要绿水青山"的转型发展之路。

假期聚会，我听亲戚、朋友们讲，铜川现在新建成的金锁关石林景区、宜君的花溪谷、童话世界般的马咀村……景色都非常不错。特别是习主席参观过的陕甘边照金革命根据地，更是被评为全国红色旅游经典景区，爱国主义教育、国防教育基地。由陕西省政府牵线，铜川市政府与陕西文化产业集团公司签订了投资额为三十亿元的铜川照金香山红色旅游项目协议。不难想象，数年之后的照金肯定会变得越来越好！

我的家乡正在转型，它要从一座资源枯竭型城市向可循环经济型生态城市转变，实现这种转变肯定是任重而道远的。但通过今年春节回家的所见所闻，我感受到这座煤城正在慢慢恢复它昔日的荣光。我深信家乡的未来一定更美好！

# 人间有况味

　　"人世间的一切幸福都需要靠辛勤劳动来创造。"而那些劳作一旦经过岁月的发酵，就会化为一缕诗意的乡愁和沁人心脾的芬芳，使人久久不能忘怀。

　　打开时光的闸门，那里有照亮游子归家路的电影，有充满童趣的老屋，有承载青春记忆的老街，还有积聚情怀的麦秆积和记忆里爷爷的车辙，更有那挥之不去的麦香和充满故乡味道的酱香。 如果说一碗面里折射的人生是绵长的，那么蘸水面里的苦涩、酸汤面的不舍也终将成为时代变迁留下的回忆。而那厚重的历史既承载着过去，也呼唤着远方。

　　核桃熟了，柿子红了，不仅预示着火红的生活，更寄托着人们对幸福生活的向往。

# 井台子

瑞能煤业　任俊平

村子中间有口水井，围着水井的是用青石板铺成一圈的井台。井台一米多高，百余平方米，村里人都叫"井台子"。井特别深，井壁用青砖砌成，趴在井沿上向下望，能看见壁上长满了绿苔，还有偶尔一闪一闪的水波。那时候，全村五百余人共用一眼井，体现着血缘之外最亲近的关系。

老井和村子是同时诞生的，一有了村庄就有了这口井。至于为什么要修这个井台，听爷爷说是为了防止鸡鸭猫狗掉进井里，但我琢磨着还有防止打水时水洒出来弄湿地面的原因。围绕井台向四周延伸有几条小道，通往村里的家家户户。一直向东头的那条小道就是通往我家的路，小道两边住着碎狗、猪娃、黑炭……他们都是我儿时的伙伴。

记忆中，每天晨曦初露，人们便担着水桶从各家小院里出来，不约而同地向井台走去。由于村里人同饮一井水，情谊比较深，打水排队在先的人常常会让着后面来得晚家里着急用水的人。等候的过程中人们有说有笑，聊着村里的很多趣闻乐事：

昨天邻村谁家的牛生"牛娃"了，今早集市上的猪崽又便宜多少钱了，估计明年麦子的长势会比今年更好……村里的很多新闻都是在井台子边传开的。时间长了，人们之间这种美好的情感也积淀在了井水中。村子里不管是谁家的红白喜事，只要到井台子人多的地方一喊，不管是正在打水还是在地里劳作的人都会放下手中的活回到村里帮忙。勤劳勇敢、吃苦耐劳、团结互助成为村子里的一种良好风气，而在这种风气的影响下，人们相互扶持、相互帮衬着，亲如一家人。

井台子东边是一块开阔的平地，被村里人当作麦场用。每年从夏季开始到秋收结束，是井台子一年中最热闹的时段，也是大人们最为喜悦、孩子们最能撒欢的时候。大人喜悦的是家家户户有个好收成，孩子们则因为大人顾不上管教便可以疯玩了而高兴，而麦场上那些收割回来的麦垛就成了孩子们游戏时的城堡和捉迷藏的好去处。每次玩"打仗"游戏时，孩子们总会因为角色分工而吵闹不休。因我年纪最小，乖巧听话，"老大"明娃总让我跟在身后给他当警卫员。每次我们被包围时，"老大"总是冲在最前面，为我抵挡"敌方"的用刑。用刑其实就是刮鼻子，但明娃为了捍卫自己队伍的尊严，硬是不让他们刮我的鼻子，以致玩着玩着大家就散了，需要重新整编队伍。碎狗常常因为玩得忘了喂猪，被二婶从家里追到麦场给一些教训；三虎子一岁多的妹妹，常因等不到下地回来的妈妈而大哭不止，可他哄一会儿妹妹又继续上了"战场"；成群结队的"游击队"与"鬼子""汉奸"穿梭在麦垛之间，"追杀"成一片。

夜色已深，三爷爷家的麦子还铺满一地，好多人都在帮忙。大人已不再闲聊，孩子们也安静了，只能听见工具之间时不时的碰撞声……麦收结束后，麦场被碾压得更加平整光滑。小伙伴们在那里踢毽子、滚铁环、丢沙包……玩得不亦乐乎。女孩子喜欢打沙包、拿骨子、跳格子等一些安静的游戏，男孩子则玩"打仗"、滚铁环和打三角之类的比赛，童年中的美好记忆似乎都离不开井台子旁边的麦场。

井台子还有一个用途就是放电影。冬闲时节经常有电影看，三爷爷给老奶奶过寿，铁军叔叔结婚，拴狗家娃过满月，凡是谁家有喜事，大概都会放电影。每每放电影的夜晚，十里八乡的人遥相呼应，都会集到井台前，看当时少有的几部熟悉的电影，记忆中，《人生》《喜迎门》都是在井台前看的。老人看的是乐和，年轻人看的是爱情，孩子们则是为了聚在一起游戏。寒冷、漫长、寂寥的冬日因为井台子的热闹而充满了欢喜快乐。听母亲讲，来村上放电影的人见我长得机灵，讨人喜欢，像电影中的警犬"发财"一样，于是就给我起了个外号——"发财"，以至于现在回到村上还有老人这样喊我。虽然我没有发什么财，但至少觉得这个外号象征着财富，心里就有点小小的神气和得意。

村上好几代人都是喝着老井中的水长大的。渐渐地，方圆几百里的人们日子都富裕了，新楼房取代旧平房，大街小巷车来人往。村上修了机井，家家户户开始用水罐拉水，再后来就用上了自来水，自然而然，就没人再关心那口老井了。收麦子都用上了收割机，收割后就在自家院子里晒，井台子东边的麦场也不用了。久而久之，井台子的石板缝隙和麦场长满了一人高的杂草，唯一庆幸的是那口水井还没有被填埋。

井台子就这样随着时光的流逝和社会的发展，在我的记忆中日渐模糊，逐渐远去了。如今，每每回到村里，我只能依稀听到几个熟悉的声音喊我"发财"，而那种围绕井台子最质朴的田园生活却一去不复返了。偶尔走进杂草茂盛的麦场和乱石堆积的井台，当年三爷爷佝偻着背一圈一圈地摇着辘轳，碎狗被二婶在麦场追得满圈跑，铁军叔下棋争得面红耳赤……这些情景永远地留在我的记忆深处。

许多年过去了，井台子总是横亘在我的梦中。井口上的辘轳，井壁上的绿苔，黄土道上水迹编织成的网，还有那水桶的撞击声和扁担的吱扭声，时时都在提醒着我——生命的起点和灵魂的归宿。

暮色苍茫回故园，破石乱草寄相思，于今拜别乡梓地，多少情思梦里牵。

# 生命中不能错过什么

公司机关　常昱

　　人这一生，很多事不在于来得早晚，关键是要刻骨铭心。正如我毕业后多年也未曾放弃进藏的念头，正如我来阿里一年半，今天第一次踏进狮泉河烈士陵园。

　　本可以早先和同事援友拜谒烈士，但我都放下了。我想让自己用心读懂一段历史，充分认识一支队伍，真正理解一群英雄后再接受这场灵魂的洗涤。

　　被毛泽东誉为"盖世英雄"的新疆军区独立骑兵师进藏先遣连在中国人民解放军军史上有着很多"第一"的标签：第一支进入西藏的部队，第一支在海拔四千五百米雪域高原驻守的部队，第一支全连战士集体荣获"一等功"的部队，第一支非战斗减员人数接近一半的部队……这支连队在中国人民完成新民主主义革命的历史使命中，在把帝国主义势力驱逐出西藏、实现祖国大陆完全统一的伟大事业中，在打开西藏的封闭闸门、推进西藏迈向现代化文明中建立了不朽的功勋。

　　一个连队以接近一半战士的牺牲换取阿里的和平解放，这是一种什么精神？我沉思了。先遣连，成为我在阿里高原最崇敬的英雄。只有唯一，没有之一。

1951 年，西藏和平解放，这支英雄队伍曾经用鲜血和生命在高原荒漠中写下了壮丽辉煌的一页，烈士们的遗骨也永远留在了狮泉河畔。当我看到烈士陵园面向东南的大门上"为有牺牲多壮志，敢教日月换新天"的对联时，心灵为之触动：大门的这个方位能够守望整个阿里，能够看到祖国更大的版图；英雄虽然与世长辞，但使命永远未曾忘记。

当我迈入陵园那一刻，心中涌起莫名的感动。此时，我内心的震撼却比任何时候都要强烈。

在这个缅怀先人和亲人的日子，在这个本应该笼罩在烟雨蒙蒙中的日子，4 月的阿里，耀眼的太阳一如既往地普照着这个离天最近的烈士陵园。天如水洗蓝，云似棉团白，戈壁红柳与烈士同在，雪山流水伴英雄长眠，一切都显得那么庄严肃穆！

进入大门之后，广场中心竖立着一座高大的纪念碑，上书"革命烈士永垂不朽"八个大字，下为圆形花坛，一棵棵高原红柳身姿挺拔，坚强执着地朝天长去。

驻足瞻仰纪念碑，我的眼前已浮现一幅画面。昆仑山脚下新疆于田县普鲁村红旗如林，锣鼓喧天，以李狄三为首的一百三十六名英雄健儿在"八一"这个光辉节日里誓师出发。台上，司令员和前来送行的部队首长勉励先遣连的战士们忠于祖国、热爱人民，发扬革命英雄主义精神，把胜利的红旗插上西藏高原。台下，战士们不断振臂高呼："不怕艰难险阻，解放藏族同胞！""一定把帝国主义势力赶出西藏！"在一片震天动地的欢呼声中，李狄三率领的解放阿里的英雄分队，高举红旗，扬鞭跃马，踏上了进军西藏的征途。

当年，这支队伍一路蹚河水、翻大坂、战严寒、抗缺氧、斗病魔，翻过海拔六千多米的界山，行程千余公里，历时三个月到达阿里改则县札麻芒堡乡（现为先遣乡），在海拔四千多米的雪域孤岛坚守九个月，其间战士们兽皮制衣、钻木取火，由于缺医少药、断粮断盐，很多战士患上了"高山病"，浑身浮肿、流黄水、腐烂，在奄奄一息中被大自然夺走了生命，其艰难程度不亚于红军长征。

当少先队员集体歌唱《我们是共产主义接班人》那一刻，我发自内心想让孩子们用足够响亮的声音叫醒那些沉睡多年的战士，让他们看看祖国未来的花朵，看看阿里美丽的春夏秋冬。

行走在烈士陵园中间，碑身上的每一个名字都是一段英雄佳话。纪念碑南面主体位置安葬着先遣连指挥员李狄三烈士。我鞠躬默哀，想起了那封最后的家书。

曹海林、彭青云同志：

　　我可能很快就不行了，有几件事情请你们帮助处理：两本日记是我进藏积累的全部资料，万望交给党组织；几本书和笛子留给陈干事；皮大衣留给拉五瓜同志，他的大衣打猎时丢了；茶缸一个留给郝文清；几件衣服送给炊事班的同志，他们的衣服烂得很厉害；金星钢笔一支，是在南泥湾开荒时王震旅长发给我的奖品，如有可能请组织转交给我的儿子；还有一条狐狸尾巴，是日加马本送的，请转交给我的母亲。

当我第一次读到李狄三同志的遗书时，眼泪就止不住地流。这是一位共产党员的"财产"清单，是一位共产党员、革命军人对党、对祖国、对人民的赤胆忠心！当物质和信仰同时出现时，我们该如何选择？生命中不能错过什么？我又一次陷入了深思。

陵园还安葬着西藏和平解放以来为建设和保卫阿里而光荣献身的革命烈士。援藏干部孔繁森的衣冠冢就安置在陵园一进大门中间，墓碑上的对联诠释了孔书记平凡而又伟大的一生：一尘不染，两袖清风，视名利安危淡似狮泉河水；二离桑梓，独恋雪域，置民族事业重如冈底斯山。

1994 年 11 月 29 日，阿里地委书记、阿里军分区第一书记、阿里地区政协主席——山东省援藏干部孔繁森在去新疆维吾尔自治区塔城考察边贸口岸途中，惨遭车祸，不幸以身殉职，年仅五十岁。根据安排，孔繁森同志的骨灰原计划分放在拉萨和他的故乡山东聊城。可当时阿里六万多儿女纷纷请愿将孔书记骨灰的一部分放在阿里，阿里三十余万平方公里的山山水水将永远伴着他。

回想至此，1994年12月5日阿里人民在狮泉河群艺馆礼堂为孔繁森同志隆重举行追悼会的老照片在我眼前清晰再现。

如今，注视这衣冠坟冢，尽管十分不情愿，可我还是会情不自禁想象当年阿里儿女为孔书记整理衣物的悲伤场面。烈士陵园里，几丛红柳结满厚厚的哀思，摇曳着沉沉的忧郁，冷风呜咽，纸幡飘动，墓穴已挖好，人们挑来挑去，找不到几件像样衣物。小小的黑色棺木里，一套洗得发白的破西服，一条带补丁的裤子，一双破旧的胶鞋，还有……一定有他生前最喜欢的那顶藏式礼帽。

一捧一捧阿里黄沙撒在黑色的棺木上，一锹又一锹冷土带着不舍被埋进墓穴。黑压压一片人跪倒在墓前，又是一片悲天恸地……

我站在陵园高处遥望狮泉河镇，这个阿里高原规模最大的城镇，从最初的一无所有、与世隔绝，到如今的交通发达、灯光璀璨、楼房林立、商铺满街，象雄广场飘扬着五星红旗，孔繁森小学传出琅琅读书声，昆沙机场国内国外游客川流不息……这一切不正是长眠于地下的英灵所期盼的模样吗？多少英雄先烈用生命为后代换取今天的幸福，以至现在，有边防战士为守卫祖国而生死不顾，有白衣天使挽救病人的医者仁心，有全国各地党员干部建藏援藏的默默奉献……这些，不正是革命烈士"老西藏"精神的继承与发扬吗？

生命中不能错过什么？也许，岁月能改变山河，但历史将不断证明，有一种精神永远不会失落。崇高、忠诚和无私，将超越时空，成为人类永恒的追求。

生命中不能错过什么？也许，时间会冲淡记忆，但人们决不会忘记为祖国而牺牲的人们，他们的理想，他们的信念，使千万人的心灵为之震撼。

"有的人活着，他已经死了；有的人死了，他还活着。"

# 写给自己的四十岁

公司机关　郑斐

　　周末的午后，独自走在春日的河畔，暖暖的阳光拥抱着我。春风拂面，满眼的郁郁葱葱，满眼的生机盎然，耳畔隐隐地传来歌声"时间都去哪儿了，还没好好看看你眼睛就花了。柴米油盐半辈子，转眼只剩下满脸的皱纹了"，我的心底突然涌上许多的感慨：自己竟然马上就四十岁了。

　　女人对于年龄总是敏感而恐慌的，每个人都渴望自己青春永驻，可是自然规律是无法违背的。当看到花儿枯萎的时候，我就会有些伤感；当树叶飘落的时候，不免有些惆怅；当岁月无情地在眼角眉梢刻上一道道皱纹的时候，我知道四十岁的自己不再年轻——但四十岁的自己却依然可以保持年轻的心态。

　　曾经的我撑一把小伞漫步在雨中，低声地吟着戴望舒的《雨巷》，那情景还那么清晰地浮现于眼前，而我已不再是那个穿着花裙子流连在雨中的小女孩了。尽管我有太多的不情愿，尽管我努力拽住岁月老人的手不肯前行，时针却不顾我的苦恼和哀求，依然稳步向前，不容我喘息，不容我停留。想着自己已迈入不惑的年纪，几许惆怅几许无奈涌上心头，一起涌上心头的还有岁月给我的一些感悟。

匆匆流逝的时光让我懂得了亲情的珍贵。看着已上初三的女儿，不经意间，女儿已经高过自己半头了。女儿从小学四年级就开始了住校的生活，而我能陪她的日子少之又少。每天，女儿都会打电话给我，诉说着她的喜怒哀乐：她当上班里的学习委员了，她又获得学校的奖学金了，班上的同学和她一起过生日了，她和宿舍同学一起排节目了……点点滴滴都记录着女儿的成长，我深深地体会着女儿带给我的幸福。正是因为女儿，我感受到身为父母的不易与艰辛，看着父母花白的头发，我仿佛又看见母亲为我们姐弟三人忙碌操劳的身影，仿佛又感受到自己趴在父亲那暖暖的背上睡着了的感觉。岁月让我明白了和父母相处的日子是多么珍贵，我告诫自己要常回家看看他们，让父母因为儿女而感到满足和欣慰。

走过的岁月让我学会了宽容，学会了忍让，学会了用积极的眼光看待世界，学会了微笑着面对生活。生活是美好的，人生短短几十年，错过了今天就不会再有相同的一天。面对外界的诱惑、生存的压力、自身的挑战，我们始终保持一个稳定、平和的心态，多用乐观的、辩证的、发展的眼光看问题。多一些从容少一些急躁，多一些忍让少一些计较，多一些自强少一些哀怨。我们还要懂得原谅，原谅别人，不拿别人的错误惩罚自己，更不拿自己的错误折磨自己。原谅别人，我们的内心就不会再有仇恨，不会再有怨言；原谅自己，是更加知道自己内心的真实感受而不想留有遗憾。让自己始终保持一个健康、积极、阳光的心态，可以让自己青春常在。

曾经的阅历让我明白了幸福是掌握在自己手中的。要善待自己，人生价值的真正体现是内在的修养，是自尊、自信、自立、自强的精神，是懂得如何创造自己独立的土地，靠自己的能力、智慧去耕耘，去收获，让自己活得有滋有味有风采。事业是人生的重要组成部分，只有踏踏实实、认认真真地做事，才能无愧于自己渐渐流逝的青春。我们也许不能如鲜花般美艳和丰盈，但可以如小草，坚守自己的一块土地，书写自己的一片葱绿。

看着一天一天翻过的日历，我知道了有钱买不来健康的道理。于是，我学会了在下班之后适时松弛一下紧绷的神经，打一会儿羽毛球，跳一跳广场舞，给自己画个淡淡的妆，穿上舒适、大方的衣衫，在那一片花枝招展中，照样有自己的一抹亮色。当岁月不再让自己面如桃花，不再身材窈窕，多读一些书，可以让自己找回青春的浪漫和激情。我知道女人的美，美在内蕴，美在知识的丰富与充盈。闲暇之时，为自己煮一壶茶，拿一本好书，细细地品味，不去想未来还是过去，让时光就这么从自己的手指缝里悄悄溜走，不再回头。

　　走进四十岁，走过人生的小巷，旅途已经过半，那些犹如璀璨烟火般的青春，沉淀成心底最婉约的心事，只是在轻轻触摸这份情怀的刹那，偷偷地回味，静静地感伤。生活本身是很平淡的，虽然无味，却给人一种真实的感觉。既然我们不能改变，就让我们拥有一份平淡的心境，去发现生活的美，感受生活中美的瞬间，那么平淡的生活定会因我们的心境变得温馨而精彩！

# 那一场风花雪月的电影

双龙煤业　杨东营

这是一场盛会，是人们期待已久的精彩。

看过的最早的一场电影，我已经记不太清楚了，只有黑白灰三种颜色，以及老式发电机的悲鸣声。看完了一部讲述英雄故事的电影，此后很长的日子里，门口柴火堆里那些长得顺溜的木棍，都成了我们手里的武器。当这批武器被家人收走在灶膛中燃尽，我们便会莫名其妙地悲伤，于是，武器变成了取之不尽的黄土坷垃。

村子正中有个老院，听老人们说是最初村里大户人家的院落，后来分家了，老院也慢慢荒芜。院子很大，有五六亩地，几孔已经坍塌的窑洞掩埋了它辉煌的过去。老院的北头是村里公用的碾子和油磨，人们叫它们"青龙白虎"。老院南头的土崖下有一个篮球架，父亲说，那是北京学生插队时候建的，他们离开村子已经十多年了，篮板也经受不住风吹日晒，终于在一场阴雨中，呼啦一声掉在地上，留下一根木桩独自站在那里。每到放映电影的时候，木桩变成了挂银幕的最佳选择。撑起银幕需要两根木桩，另外一根则是村里派人临时挖坑栽的，等电影放完的第二天，就会被它的主人拔出来扛回家。

电影进村，一年也没那么几回，是一个村一个村挨个儿来的，一般邻村放映过后，消息便很快传到村里。于是在后晌，一群孩子便会聚集在村口，只要看见那拉着两个大木箱子的架子车进了村，便炸开了锅，各自飞奔回家，催促母亲赶紧做饭。趁着饭还没熟的空儿，又飞奔到老院里，用树枝在地上画一个圈儿，歪歪扭扭地写上自己的名字，小跑回到家，草草地扒拉了几口晚饭，就等着大人们拾掇完毕；有时等不及了，就自个儿先背个小板凳，迫不及待地跑到老院里，放好板凳。银幕已经挂好，如同一张可以随意书写故事的白纸。人们陆陆续续地赶来，天还有一丝光亮，银幕前就已经坐满了人。大伙儿都在焦急地等着放映员赶紧来，等不及了就左顾右盼地问：咋还没有来，是不是又喝多了？

担心是多余的，放映员终于来了，打着饱嗝儿，嘴里噙着纸烟，脸上泛着红光，果真是喝了酒，但丝毫不影响这一场盛会的进行。一个木箱子里装的是发电机和电线，另一个里面则是影片和放映机。放映员慢悠悠地从腰间解下钥匙，打开锁，几个小伙子便迫不及待地帮他将发电机抬到距离老院五十米开外的地儿，找一个平坦的地方，再将铁皮油箱下面的四条腿打开，从侧面引出来一根软管，接到发电机上，还要按几下，挤掉里面的空气。然后再折回到老院，从另一个箱子里面取出放映机，将两个木箱子摞起来，架起放映机，取出两个铁盒子装的胶片，铁盒的侧面都写着电影的名称。每当这时，识字的人都会将铁盒子放倒，尽力看清楚影片的名称。

从放映机到发电机要一根电线连接，年龄大的孩子早已经熟练了怎么帮着放映员将电线放好，就都跑到发电机跟前。这是一种老式的发电机，需要缠上尼龙绳子使劲去拉，拉一次噗嗒嗒地转几圈，需要拉很多次，发电机才极不情愿地转起来，挂在旁边的灯泡就亮了。放映员调整好油门，人们便小跑着赶紧回到各自的座位上去，转过头眼巴巴地看着放映员将那一盘子的胶片装在放映机上。随着胶片徐徐转动，银幕上便出现了影子，也能听到声儿，于是，整个老院瞬间就安静下来。

记忆中每次电影都放得不怎么顺利，虽然记不清很多电影的名字，但记得每当看得正热闹，银幕上的人就像喝醉了酒似的晃动起来，连声儿都听不清，这时放映员便会连忙暂停，将胶片从镜头前取下来，重新倒回去一点再接着放映。每场电影要放两部片子，夹胶片的事儿都会发生，少则三两次，多则十几次，但这都没有影响到大伙儿的心情，连着几个小时憋一泡尿，非要等到一场电影放完。为此，下午饭总是吃干的，连水都不敢喝一口，经常会被粗糙的窝头噎得伸脖子。

最闹心的事是发电机经常中途罢工，只听呼啦啦几声，整个老院便一片漆黑，人群却依然安静，就连外村那些来看电影的，也不会因此而离去。放映员打着手电，大伙儿又跑到发电机跟前，拉了几次尼龙绳，灯丝儿稍微一泛黄就又一片黑暗。放映员只好取来工具，拧下火花塞，这时就会熟练地从口袋里摸出几张崭新的毛毛钱，对折一下去擦火花塞。如此反复几次，发电机又突突转了起来，人们又一窝蜂地赶紧坐到银幕前方。当然也有修不好的时候，可大伙儿却都在等。记忆中有一次，一场电影断断续续看了一夜，等散场时，鸡已经叫了。

起初的电影是黑白的，到后来就有了彩色的，可来村里的次数却依旧少得可怜，每次来都是村里的大事儿。有时正看着，就突然起了风，黄土扑在人们的脸上，但却丝毫不影响大伙儿的热情，只是银幕却总会因风而来回摆动。这时，放映员就会叫几个小伙子搬来几块大土块，找来几节绳子，一头拴在银幕下方的金属眼里，一头捆在土块上，总算是勉强将银幕固定住。从放映机里射出来的那道白光里，有着数不清的颗粒在飞舞，就连男人们抽的旱烟，也会不经意间在银幕前的光柱里飘舞，银幕上的人也会暗淡一些，但大家还是津津有味地看着。

秋日里雨多，有时电影来了，雨也来了，淅淅沥沥的，没完没了。放映员就在村里住了下来，整个村子就沉浸在不安和期待中，好似饥汉面前的一碗白面，干看着却吃不得。等天一放晴，压抑了多日的等待便沸腾了起来。若是正在放映，突然来了一阵急雨，放映员就会拿来早已经准备好的油布，撑在发电机上面。热心的人会飞快地从家里找来一块塑料布将放映机遮住，那些坐在银幕前的人，却不在乎雨。雨大了，放映员喊一嗓子"不放了"，大伙儿就像泄气的皮球一般，极不情愿地淋着雨离去，临走时还不忘问放映员明儿个还放不放了。

冬天也会放电影，尤其是落了雪，人都闲了，这时最需要的莫过于一场电影。每当听到有电影，村里人会很快将老院的雪扫干净，在冻土上费力地挖坑栽杆，依旧是草草的晚饭后便急着赶往老院。每家从屋里到老院的路都崎岖不平，不是上坡就是下坡，脚底下一不小心便会摔个趔趄，为的只是那一场电影。

年龄稍大一些，便跟着大人们去外村看电影，最远的一次来回要走十几里地。天还没黑，就三三两两地结成伴，在将黑的夜里说说笑笑地朝着外村而去。去时大家的脚步都很急，生怕错过了一个精彩的开头，方圆十几个村子放电影的地方大家都了如指掌，进了村子，就直奔而去。有时电影还没有开演，大伙儿便长长地嘘了口气，自觉地站到人群最外面；有时，人还没到，就听到发电机的突突声，看到映在半空里的光，大伙儿便慌了起来，小跑着直奔而去；绊倒了再爬起来，反正黄土不沾衣。有一次，相约八九个人去了五里外的一个村，翻过一个沟才到达，等到放第二部电影的时候，大伙儿才发现，这部电影上一个夜里在自个儿村里已经放过了，于是便要回去，可我却还想再看。等看完了，我一回头一个伴儿都没有了，伸手不见五指的夜里，一个十来岁的少年被吓得不敢回家，硬着头皮敲响了该村一户人家的门，刚一说出父亲的名字，那屋里的老人便递过来被褥。

日子让步行变成了骑自行车，黑夜里蹬着车子风一般地前进，却一次都没摔倒过。过了几年后，村里有了第一辆手扶拖拉机，于是去外村看电影便方便多了。每次车斗里都挤满了人，而那手扶拖拉机却没有灯，摸着黑乱跑，大伙儿没有一个人觉得害怕。拖拉机直接开到人群边，大伙儿就坐在拖拉机上看，比站着要轻松多了。

后来，放映机就不见了，取而代之的是录像机，发电机似乎也改进了很多，不再中途罢工。放录像的电视机太小，站得远了基本看不见，只能听到声儿。再到后来，村里通上电，家家户户逐渐都有了电视机，黑白的、彩色的，十四寸的、二十寸的，都有，窑洞上方都是一根洋槐树杆上一个用废旧电线改装的天线，虽然只有一个台，但是村里人都会准时从吃完晚饭看到屏幕成了雪花点。

不记得每场电影都有多少人看，但场里坐的都是带着小板凳的人，大人抱着孩子；再往外一点儿，是带着长杌子或者凳子的人，坐得自然高一些，可也离得远。老人们说，坐低了会腿麻，只能坐高点儿。在最外面，则是站着的一圈人，他们大多是从十里八乡的外村赶过来的，有男有女，整整演两部片子的一场电影，他们就一直站着，怀抱双臂，或者是将手插在裤兜里，目不转睛地盯着银幕，直到电影放完了，这才依依不舍地各自朝着各自的村里而去。本村的人也会点亮手里的油灯，慢慢散去。

母亲背着熟睡的弟弟，父亲一手拉着刚刚被从梦里叫醒的妹妹，一手提着用酒瓶子做灯罩的油灯，我跟在最后面，手里提着小板凳，借着一闪一闪的灯光，顺着小路朝家里走去。发电机的声音渐渐变小，快到家了再一回头，远处还是一片光亮，电影似乎还在继续放映。

# 老 屋

机电公司　李超

　　家里的老屋已经拆迁好几年了，可我最忘不了的还是那栋老屋。

　　老屋伴随了我儿时的全部岁月，带给我无尽的欢乐。家里的老屋是最古典的方正布局，院子有一个篮球场大小，东西方向的两栋房子加上左右邻居的房屋构成了标准的四合院格局。由于院子大，房屋布局合理，老屋就成了村里孩童首选的玩乐地，也是因此，我的童年又多了几分乐趣。

　　也许是年龄小的缘故吧，我儿时的记忆里只有夏季和冬季。夏季，院子内外绿树成荫，天高气爽；冬季，村落里炊烟袅袅，一片祥和。

　　盛夏时节，也是我们玩得最疯的季节，漫长的暑假给我们的疯玩提供了足够的时间，家里的老屋就成了我们的"根据地"。由于炎热，大人们坐在树下拉着家长里短，我们可是待不住的，就像出笼的小鸟。小伙伴三三两两聚在一起，或是观察蚂蚁搬家，或是倾听虫鸣蛙叫，或是在麦场里打滚戏玩，或是寻声捉蝉，好一派热闹的景象。阵雨过后，用泥巴在老屋后的水渠"修坝堵水"俨然成了最快乐的事。看着用泥巴和小石子建成的"大坝"蓄水成功再到"破坝泄洪"，我们的兴奋到了极点，也正是因为这，时常弄得衣服沾满泥巴。为了少挨大人的揍，我们就藏在老屋里洗洗涮涮，等衣服上的泥巴干一点儿后，搓搓泥巴才敢回家。

寒冬季节，也是我们最愁的季节。虽然都喜欢玩雪，可是北方的冬季太冷，一般情况下我们都是窝在家里的，这时的老屋就成了我们的"避难所"。支起用搪瓷盆子做成的简易火盆，先是烟熏火燎地生起一堆火，等到火苗全部燃尽剩一些灰烬之后，就在盆里的热灰里埋几个土豆或是烤几个馒头，等待土豆烤熟的时间里我们就在老屋里捉迷藏玩。老屋的每个角落里都会有我们欢快的笑语。等到玩累时，也正好是烤熟的土豆满屋飘香的时候，几个小伙伴坐在一起美美地吃着热腾腾的烤土豆，那可真是美啊！以至于我现在还时常在梦里被那香喷喷的烤土豆馋醒。儿时的记忆里，整个冬季大多数时间是在老屋里围着火盆，吃着烤土豆度过的。

在我读大二的那年初夏，父亲打电话说政府规划村里移民搬迁，家里的老屋要拆迁。听到这个消息，真有些不舍，可没办法，形势如此，不得不从。就这样，在2008年乡镇移民搬迁的大潮中，老屋被拆迁。等到暑假我赶回去时，已经是一片破败，和几个儿时的小伙伴围着老屋走了一圈，儿时打闹嬉戏的场面历历在目。

参加工作后，由于时间原因，每次回家都很匆忙，但每次到家总要抽时间去老屋所在的地方看看，仿佛自己还是那个整天围着老屋疯玩的毛头小子。

现在，老屋所在的地方已经成为一片耕地，或是种着玉米，或是种着小麦，每次去都还郁郁葱葱。虽然没有想象中的那么荒凉，可是已经很难确定老屋当时的详细布局，只能凭地势依稀记得院子的位置。儿时的岁月已一去不返，老屋却依旧是我人生中的重要记忆。

# 家乡记忆

公司机关　张鹏

　　我的家乡乾县，地处关中平原与黄土高原的交界处，这里有唐高宗李治和中国历史上唯一的女皇帝武则天的合葬墓乾陵。在这片古老的土地上，庄子曾著《南华经》，秦始皇曾建梁山宫，杜甫曾为父奔丧……改革开放四十年来，这片热土在时代的变迁中日新月异，勤劳朴实的家乡人用幸福的汗水记录下这段过往和变迁。

　　我出生在改革开放的春风里，成长在社会变革的浪潮中，沐浴着家乡人文风俗的教化熏陶。在与家乡三十年的交集里，看到的是家乡人养儿育女、改善生活的艰辛画面；闻到的是家乡人老实本分、勤劳质朴的黄土味道；听到的是家乡人倔强耿直、诚挚豪迈的秦人之声；学到的是家乡人重亲爱友、和邻睦里的厚德仁心。家乡的人、家乡的事、家乡的情，深入我的骨髓，融入我的血脉，激励着我在人生的道路上勇往直前。

　　我印象最深的，是家乡人把亲戚看得很重。记得在我七八岁的时候，一到忙罢，奶奶就小心地装好十几包点心，嘱咐父亲拉上一架子车西瓜，走四十里路到她的娘家去。其实父亲的外公、外婆、舅舅早就过世了，舅舅家的孩子也都上学留在了城市。父亲走的亲戚，都是他舅舅的伯叔兄弟，这一辈连下来，整整十五个舅，而父亲每年都要把其余的十四个舅齐齐看望一遍。那一年，父亲的十二舅去世了。虽说十二舅爷和奶奶已经出了五服，可奶奶仍然很难过，让父亲早早地去娘家帮忙。父亲带着我跑前跑后忙了整整两天，一直到十二舅爷入土为安，亲戚走完，把篷拆了，才带我回家。家乡人代代传承着崇礼重教的美德，让我一个懵懂少年深深感受到什么是亲情。现在手机、汽车都有了，可逢年过节和那些老亲戚却联系得少了，回想那个时候四十里路上的坑洼和泥泞，让我惭愧不已。

　　也许，在外的时间越久，越能勾起一个人对家乡的眷恋。今年有一次回家，同村一个多年未见的小伙伴突然给我打电话，说他回老家了，想跟大家见见。我努力回想他以前的模样，记得小时候他总是两鼻孔脏兮兮的，大家都叫他"吊鼻"。我心想这么长时间没有联系了，有什么好见的，但想着他明天一大早就要坐飞机走了，便抱着娃去了他家。他很激动，说这些年他一直在外打拼，在南方安了家，小有成就，十五年没有和大家见过了。我说："你这才三十岁，一半时间都在外面，咋个回来？"他没有回答，一个劲地给娃塞钱，又送娃礼物，邀我去他所在的城市。我想，一个许久没有回乡的人，无非是要追溯生命的过往，找寻曾经生活的痕迹，因为这里有他心灵深处的记忆，有他的根和魂。

这几年，家乡发生了很大变化，规范了城市管理，提升了人居环境，发展了县域旅游，优化了营商环境，迎来了新一轮发展建设的高潮。虽说现在生活越来越好了，可家里的长辈年事已高，相继离去，父母也在无情的岁月中慢慢老去。人到中年，承前启后，如今，父母肩上的担子悄然落在了我们肩上，这担子不光有家庭的责任，也有家乡人代代相传的品质和精神。有人说，一个人走得再远，也走不出故乡的情，故乡的情就像一碗汤清味浓的羊肉泡馍、一碗酸辣绵软的豆腐脑、一碗细长筋道的浇汤挂面，诉说着酸甜苦辣、人生百味。我常想，为什么故乡的记忆最长最清晰，或许是因为故乡里有童年，故乡里有亲情，故乡里有老家的样子，故乡里有父辈的影子，故乡教给我们做人的道理，传给我们精神的力量。我想有一天，到儿子懂事时，我会带他回到老家的田间地头，告诉他这片土地上的故事和里面深埋着的家乡人的精神和记忆。

# 赶　集

公司机关　王斌

　　我有多久没有赶集了？想来赶集也是许多城市人不甚清楚的事情吧。

　　今年过年，回了老家。老家所在的村子名叫兰田村，离村子最近的集市是乡镇所在地的兰江街。赶集也分日子，各乡镇有各乡镇的固定日期。兰江街集市是阳历末位"3""6""9"的日子，其他乡镇的则为"1""4""7"或者"2""5""8"。

　　大年三十这天，母亲问我："去赶集不？给家里再添置点年货，街上热闹得很。"我想起上次赶集已是好几年前的事情，如今还真想去凑凑这春节前集市上的热闹，便回她说："好。"

　　赶集的路上，要经过几个村与田野，路过一大片油菜地。今年年前气温高，天空碧蓝，阳光普照，油菜地的油菜花竟开出了几朵，看上去生机勃勃。路上偶尔还能碰到一张张朴实而又熟悉的面孔，仿佛一下子回到了童年，高高兴兴、蹦蹦跳跳地跟着父母去赶集。

　　这一天，原本不是赶集的日子，但因为过年，街上的场面热热闹闹，赶集的人从各个方向会集在这条狭长的街上，购买自己所需的年货。走在人群中，我用眼光仔细打量着这条街道，虽不整洁，也没有浓郁的商业气息，但人们依然习惯这里，把集市当成了生活的一部分。我没有急着去购置年货，而是缓缓地移动着步子，似乎想找回儿时的自己。然而嘈杂的吆喝和说话声，让人无法安静下来，我只好拿出手机，记录下眼前熟悉的一切。那些不小心沾着些黄土的面孔，我最熟悉不过了。大部分卖东西的都是老人，他们蹲在摊点旁边，焦急地等待着买主，时而站立，时而整理着摊点上的物品。这些老人一生都困在原地，没有走出农村，也没有走向繁华的城市，他们把朴实的生命留给了庄稼，留给了心爱的土地。

上午9点左右，集市达到了高峰，人越来越多，人们习惯在这条街上讨价还价、互相寒暄着，吆喝声、脚步声、孩子的哭声、屠夫的砍肉声、车流声等，构成了一个真实的生活世界。手机拍下这条街上的风景时，我似乎也看到了自己成长的点滴。那些儿时赶集的记忆历历在目，那时总是盼望赶集的日子，跟着父母来到街上，感受那种热闹的场面，希望父母给自己买一件新衣服或好吃的食物。时值南方春寒料峭，但交易的场面依然火爆，那些卖菜的摊上都是自家产的蔬菜与特产——无公害绿色食品。

街头这边一个屠夫把杀好的猪放在案板上，不到一个小时，新鲜的猪肉就售之一空了。一个卖菜的老人，看着年龄在六十多岁，一边照顾自己的孙子和孙女，一边吆喝着自己种的菜。老人的菜卖相不好，但看得出来很新鲜，藠头一块钱一把。老人把菜整理得井井有条，脸带笑容，当我弯下腰去选菜时，她对我说："小伙儿，多买一点儿吧，菜肯定没问题，我卖了几十年菜了。人老了，种菜不容易，也挑不动了。过年家里人也多，多备点儿总没有问题。"老人穿着一双解放鞋，坐在一条木板凳上，头发花白，穿了三四件不厚的衣服。老人的背有些驼了，身体还算健朗，说话的声音很清脆。她在这条街上度过一辈子中的许多时光，每赶一次集，她也许会又老一些。她或许不知自己老去的痕迹，只是在岁月的风雨中见证着一些人的长大与远去。她静静地坐着，接过我的钱，笑了。来到街尾，面前卖鱼的妇人，忙得不可开交，草鱼都卖完了，还有人等着要买，她不得不又和自己的丈夫回去捞鱼，她笑着说每逢节日都供不应求。

明天就是农历新年，家里事也多了，人们添置好自己的年货后，就纷纷离开了街市，顺着这条街向着新年走去。

等我要回去时，街上的人渐渐少了，街市似乎又恢复了原来的宁静与朴实无华。狭长的街市，不再喧闹，人们沿着来时的路又各自返回，回到各自的生活中去。他们没有太多的销售技巧，他们只靠着自己的勤劳与朴实来换取美好的生活。

这条街上，承载了一代又一代人的青春与回忆，有着太多的情感与记忆。赶集，现在已是一种奢望，更是成长的礼物。

# 情系麦秆积

瑞能煤业　张战军

沿着陈炉古镇方向，开车疾驰在蜿蜒的盘山公路，大约四十分钟车程，就会远远看见美丽的家乡。

翻过最后一道梁，俯瞰眼前的一马平川，就会想起"诗圣"名句："会当凌绝顶，一览众山小。"的确如此，家乡的逸山（家乡人称北山）虽然无岱宗那么雄壮巍峨，但它却有"渭北小华山"之称。

顺着逸山改造后的平坦柏油路下行，依稀可见渭北第一大村——底店村，被淡淡雾霭笼罩着。那一家一户的灰瓦房，犹如小时候见过的麦秆积一样错落有致。每当车行至此，我都会停车拍照。读高中的女儿不解地问："爸，您总说人家的房子像麦秆积，那麦秆积到底是啥？"

是呀！自从有了联合收割机，夏收后的麦秆全部"秸秆还田"了，农村哪还能再看到麦秆积！

麦秆积，有的地方叫麦草垛，各地叫法不一，但都是用麦秆堆起来的。

　　提起麦秆积，还得从"龙口夺食"开始说起。记得小时候每到夏收，母亲就会发愁，一愁满地金黄的麦子自己一人割不完；二愁从矿上请假回来的父亲在越忙的时候，越会累得发急脾气；三愁麦收后，麦秆积咋样能好看地支起来。看到母亲发愁的样子，我和姐姐便拉起架子车，拿着镰刀往最远的地里走。母亲告诉我们，最远的地旱，麦熟得最早。其实我们心里明白，她是想把离家近的地留到父亲回来再收。

　　那时家里有五亩地，父亲的假期少，有了大舅和姑父的帮忙，三天基本就可以全部入场；但平常家里劳力少，我家的麦收总是在村上排倒数。

　　收割完麦子堆在场（麦场）里，有头牯（养的牛）的人家，就会让头牯套着石碌在麦场里转圈圈碌场。我家没有头牯，每次都是排队等手扶拖拉机来碌场。运气不好的话，从上午9点一直等到下午2点多。那时的太阳真毒，特别是翻场、起场的时候，再热都得拎着杈上场，木头杈把都能把手烫出水泡。直到碌过的麦秆既扁又平，明光发亮，此时的麦秆就等着支积"上山"了。

　　支积（我们家乡把堆麦秆积叫支积）不是一般人能支的。每个村里都有几个把式，我五大（五叔）就是支积的把式。我家的麦秆积基本上都是他给帮忙支起来的。每到支积的时候，我都要坐坐剪杈、用铁叉扬扬麦秆，要不就要上到还没支起的积上玩。

我站在麦秆积上左看看、右望望，总会问五大，为什么人家的积有像火车车厢的，有像蒙古包的，惹得五大哈哈笑。五大告诉我，像火车车厢的，那是人家地多，或者是几家人合着支一个积；像蒙古包的，是家里地少的，为了好看，一般都会支成圆形的。

就这样，站在高处看家家户户麦秆积排成排、堆成堆的时候，就象征着夏收接近了尾声。

在农村，一个麦秆积，就是头牯冬天的干粮，就会让冷冰冰的土炕热乎起来，也会让家家户户的厨房冒起青青炊烟。当然，它有时也会被人利用惹起祸端，让整个村庄外燃起熊熊烈火，照红村里的半边天。

对村里的伙伴而言，那就其乐无穷了。放学回家，三三两两的伙伴或是提着竹笼，或是用架子车推着太笼（最大的竹笼），直奔麦秆积。在麦秆积的场里，摔跤、弹弹溜、跳皮筋、抓五子，藏猫猫时一不小心屁股底下还会坐出几个鸡蛋来。

上初中后，我离开家乡，没有了麦秆积带来的快乐。之后回乡，总会到它的身边转转，也会帮婆把家里放麦秆的屋子堆满。婆过世后，全家搬到矿上，我再也没有去过麦秆积跟前。

这几年，见到的麦秸积越来越少，直到今年春节回乡走亲戚才发现，十里八村的麦秸积无影无踪！

返程上逸山时，我习惯性地回头多看几眼底店村的瓦房，就算是见到了麦秸积，不知是念旧，还是失落。麦秸积，总有讲不完的故事，道不完的情结！

# 念·家味

二号煤矿　吴宁

我突然想起小时候爷爷骑的那辆大梁自行车，只是骑车的人早已不在，车后的人也已满头白发。

在我还没有出生的时候，家里就有很多人。那个时候，曾祖父、曾祖母都上了年纪，行动不便；大伯结婚后分了家，住到了别处；父亲是家里的老二，在部队服兵役；三爸在外漂泊，靠打工为生；最小的四爸还在念书。家里所有的担子都是爷爷奶奶在扛。

我就是在一大家子人都忙得不可开交的时候出生的。那是1992年，酷暑炎炎。爷爷忙着打理三亩五分农家地。于是，照顾母亲和我的担子就落在了奶奶一人肩上。奶奶年轻的时候，右手被机器压伤，手骨蜷缩在一起，无法像常人那样自然伸展，做起家务来有点儿费劲。但奶奶生性利索，偌大个家在她的打理下井然有序。

都说养儿能防老，那个年代能生儿子的人在大家看来都是有福气的。可能是太有福气了，爷爷奶奶先后生了四个儿子，也可能是福气用光了，他们唯独没有一个女儿。

在农村养活这么一大家子人太过辛苦，为了减轻爷爷奶奶的负担，父亲初中还没毕业，就背着家里人偷偷跑到县城报了名，去那时的兰州军区当兵。这一去，就在格尔木兵站待了将近二十年。其间，我和母亲没少让爷爷奶奶操心。

1998年，我六岁，母亲天天忙着做农活。我穿上奶奶在那台老缝纫机上做出的衣服，踩着她一针一针缝出来的千层底布鞋，跟着爷爷去报名上学。

小时候，我没少给家里添乱，拿弹弓打碎别人家窗户的玻璃、放炮烧了村里的麦垛……每次都是爷爷出面解救。回家母亲总会训责我，可是因为有奶奶护着，我总是嬉皮笑脸，一通蒙混过关。

小时候，我最喜欢的事情就是和爷爷奶奶走亲戚。爷爷骑着大梁车子载着我和奶奶，他俩有时说说村里的事儿，有时聊聊他们的儿子们，有时会吵上两句，有时又会乐呵呵地说笑。

小时候，总盼着过年，因为每逢过年给爷爷奶奶拜年的时候，他们都会给我一张崭新的两元钱。奶奶会做很多好吃的，油炸小麻叶、塞硬币的饺子等，这些都是让我觉得最快乐的事情。

2008年，爷爷患了癌症，在他病重无法下床的那段日子里，奶奶一把屎一把尿地照顾爷爷。次年，爷爷去世了，奶奶老泪纵横，哭得像个孩子。

2017 年，我二十五岁，刚结了婚，咬着牙买了房子和车子。可每次回家依然习惯穿奶奶做的布鞋，踩在地上舒服而踏实。

前阵子回家，陪奶奶去姨奶家做客。在亲戚们的聊天中，奶奶骄傲地夸我的小轿车如何好、在哪里上着班、孙媳妇是多么的懂事乖巧……我突然想起小时候骑着那辆大梁自行车的爷爷，只是骑车的人早已不在，车后的人也已满头白发。

现在依然怀念坐在大梁车上的那些日子，风轻轻地吹在脸上，有时候爷爷会故意用胡楂扎我的额头，我一通尖叫乱动，自行车就左摆右晃，爷爷爽朗的笑声离得好远就能听到。

回到家，我找到那辆布满灰尘、锈迹斑斑的大梁车，喊来最小的妹妹一起擦洗，给她讲述那些在大梁车子上的欢声笑语。我心里满满的是对大梁车子上那被岁月压弯却依旧伟岸厚实的脊背的怀念。

# 挥之不去的麦香

一号煤矿　倪小红

在我的家乡陕西洛南，每年到了七八月份，原野上到处翻滚着金色的麦浪。那饱满的麦穗儿仿佛害羞的少女，颔首低头，随风轻摇，散发出阵阵沁人心脾的麦香。

黎明的雾霭中，麦田里点缀着乡亲们劳作的身影。手上的镰刀利落地挥舞着，伴着"噌噌噌""嚓嚓嚓"的清脆声响，黄澄澄的麦子一绺绺、一束束、一堆堆地倒下了。为了和老天抢时间，这时候一般都是全家齐上阵，或背或担或用平板车拉，将割下的小麦集中运送到村里最大的麦场，处处呈现出一派繁忙、热闹的农忙景象。

大人们下地割麦、收麦，小孩子则跟在后面捡麦穗。由于自小受到父辈们的言传身教，孩子们对粮食怀有一种天然的爱惜和敬畏之心，捡麦穗时格外小心，尽管头顶着火辣辣的太阳，手背和胳膊被麦芒扎得生疼，仍然不会放弃一穗麦子。

白天忙着抢收小麦，晚上便是脱粒。夜幕降临了，田里的小麦基本运送到位。简单地用过晚饭后，电工便在村里最大的麦场架起灯泡，再由几个壮汉把村里集资买来的脱粒机拖到麦场中调好方位。村主任分工，今天这几家脱麦，明天那几家脱麦，于是，农村一年中最大的盛会就开始了。

脱粒机摇动着硕大、笨重的身躯，轰隆隆地发出震耳欲聋的声响，黄澄澄饱满的小麦便如潮水般源源不断地流出来。父亲伸出粗壮的大手抓一把新麦，吹去麦皮后丢到嘴里细细咀嚼着，布满皱纹的脸上漾过一丝笑意，一年的辛劳也瞬间释然。

脱完粒已是深夜，月亮上来了，晚风阵阵，树影婆娑。此刻，乡亲们不觉疲惫，望着装好的一袋袋新麦，你数数他家的，他数数你家的，核算着谁家的收成多一些，揣摩着谁家的种子好一些，讨论着来年用谁家的麦种更稳妥些。小孩子们则在堆得高高的麦垛里捉起了迷藏，或者用麦秸秆做成口哨，编成蝈蝈笼、小鸡、小鸭，欢笑，打闹，奔跑着……

麦收过后，母亲和婶娘、嫂子们会磨袋新麦，蒸上一锅白馒头，再炸上一顿油馍——为了庆贺夏粮的丰收，也犒劳一下辛劳了一年的家人。那几天，乡村的上空总是弥漫着香油、花生油和菜籽油的香味，家家户户互相赠送、品尝新做的面食。小孩子们自然也跟着大饱口福，咬上一口新面蒸的白馒头，那叫一个满嘴麦香。

如今，轰隆隆的脱粒机声越来越少听见了，乡邻们逐渐种起木耳、香菇、核桃、烤烟、药材……收入是小麦的好几倍，家家有楼房，户户有存款。可是，每到麦收时节，听到杜鹃那熟悉的叫声，我便忆起那片浸透着先辈心血和汗水的土地，以及田野里一望无际的金色麦浪，——当然，还有那缕存留齿间的麦香味，总是萦绕在心头，挥之不去，历久弥新。

# 桂花香时月正圆

一号煤矿　张鹏

　　指缝宽，时间瘦，当天上的那轮明月从缺偏向圆，当桂花沁人心脾的香味在空气中流转，又一年的中秋佳节又如期而至了。月缺月圆，月圆月缺，四季频繁更迭，只是今年月圆如旧，楼台空瘦，而人事，已覆水难收。

　　每逢佳节倍思亲，中秋节是一个寓意团圆和幸福的日子。从古代开始，这个节日就被国人寄予了殷切的期望，多少在他乡打拼的游子都想在中秋夜和亲人团团圆圆，围坐在一起把酒话桑麻，对桂赏秋月。只是，有时候山高水远的距离，满足不了天下人皆能在中秋夜团圆的夙愿。所以，那轮皎洁的明月写满了无数父母、妻儿、游子深深的惦念。苏东坡当年以"但愿人长久，千里共婵娟"来表述心中的思乡情怀，今日之我们又何尝不希望"但得圆月年年见，天涯共梦郁思念"。

　　当时光的齿轮转了一圈又一圈，当天上的明月圆了一回又一回，蓦然回首间，我们会发现，变的是我们的朱颜，不变的还是那轮永远如一的明月。所以，中秋节不是我们悲春惜秋的时候，而是我们要好好反思以求进取的时刻，毕竟时光不待人。过了中秋，要不了多久，2018 年又将在我们生命行程中画上句点。所以，当下一刻，我们要珍惜的是这分秒比金更贵重的光阴，握住了一分光阴，我们生命的长度和厚度才能延续一分。

明月时时有，但它残缺的时候多，圆满的时候少。明月一夕成圆，夕夕成缺，或许只是它的宿命，就和我们一样，是带着使命而存在的。只不过它可以携手光阴一起走向永远，而我们只是时光舞台匆忙的过客，几十年月缺月圆之后，曾经青葱俊朗的少年，便会变为白发苍颜。

采撷朵朵白云，将秋天的美典藏进心间，虽然时光无情，转眼之间已经盗走了我们芳华正浓的容颜，在我们脸上刻下了深邃的时光之痕。但是，能够与红尘邂逅那一轮明月，与芸芸众生把佳节共度，本身就是一种可遇而不可求的幸运和幸福。幸福，无关乎名利、无关乎权势，它是一种很简单的东西，它不需要太多点缀。幸福，简单的时候，是一缕花香，一个笑颜。所以，能够幸福地品着月饼、静赏明月，实乃人生至幸！

有人说，你简单了，世界就对你简单。是啊，人生在世，简单点儿，或许离幸福就会近一些。没有了烦冗、没有了复杂，清简的人生，再多的浮华都不会成为心灵的负累。

桂花香时月正圆，中秋节、明月夜，月饼的香味、桂花的香味随着秋风飘向了远方，飘向了家的方向。那远方，必定有亲人渴盼的双眼，在等着游子回家过节。

这世上真正的幸福，就是有人牵挂，有人陪，有人嘘寒问暖，有人不离不弃。虽然任何相聚终究会曲终人散，但我们依旧有梦可期，有月可赏，有酒可醉，有爱相随。

# 最喜家乡一碗酱

双龙煤业　彭兴仓

说到"酱"，估计我们大家都不陌生，因为它是咱们日常调菜做饭的一种必备品，豆瓣酱、夹馍酱、辣椒酱等更是家喻户晓。

然而，即便今天市场上出售如此之多的酱，我最喜欢的还是家乡的那一碗酱。

家乡的酱也分为好几种，最常见的便是豆酱、麦酱和馍酱，做法虽相近，但食材不同，味道也是极为不同。我最喜欢的是家乡的小麦酱。

做酱时，将小麦清洗干净，先放锅中加水蒸熟，这个时候便是我们最激动的时刻。从母亲淘麦开始，我们便眼巴巴地看着小麦的身躯在水中翻动，待放入锅中，更是目不转睛地盯着从锅盖里冒出的白气，看母亲用毛巾细致地在锅盖四周围了一圈，但还是有丝丝的白气从毛巾的缝隙中逃了出来。孩子时好奇，总想用手去摸摸，免不了被母亲责骂，后来才知道那些白气也是隐藏的"杀手"。小麦蒸熟后，揭开锅盖，白气萦绕，什么也看不清。待白气散尽，小麦粒全都鼓鼓的，一颗颗似乎是信心满满地将要开始新征程。看着我们馋嘴的样子，母亲为我们每人盛了半碗，果真是美味无穷啊！

将蒸熟的小麦取出放温，便和面粉搅和，然后需要放入"温床"之中。"温床"是在地上铺上一层黄蒿，将小麦放入其中，上面再覆盖一层黄蒿，黄蒿的最上层则覆盖一床不用的棉被。小麦在这样的温床中经过发酵，混合着黄蒿的香气，让麦酱别有一番滋味。发酵完成后，从"温床"中取出，用笸筐筛选干净，放入大瓮盆中，加开水和盐等搅匀后，放在烈日下暴晒，半个月左右美味的麦酱便成了，无论是做菜还是生食，皆美不可言。过程虽看似简单，但每一个流程的细小环节都十分重要，特别是加盐，盐过多则会味咸，盐太少则容易生蛆。家乡的人在做酱时，即便生蛆了也绝不称为"蛆"，而称为"芽子"，言语之间似乎也不能对"酱神"有丝毫的不敬。

母亲虽也时常做酱，但是在家里奶奶的做酱水平却是无人可及的，母亲对此也十分赞同。每次做酱的关键环节总是奶奶亲自上阵，母亲在旁帮忙学习，后来母亲自己做了几次，但总是味道不及。久而久之，这种关键时刻的重任依然由奶奶继续担当，能为家人做一盆好酱，奶奶自是乐在其中。每次看到一家人吃酱美滋滋的时候，奶奶总是很高兴的。

今年5月份回家时，奶奶还说待天热之时再做一盆酱。可是，从家中走后不到一周，家里便说奶奶生病住院了。母亲说，奶奶这次病得不轻，已经几天滴水未进。我急忙从几百公里外赶回，见到奶奶时，她已羸瘦不堪。父亲说医生通知已是癌症晚期。记得奶奶身体一直很好，一生之中很少有大病，虽年过八旬，但一直十分康健，不想突然收到这样的噩耗。奶奶在医院住了半月后，再也无法容忍每日的营养针，坚持要回家，医生也建议回家，无奈只好将老人送回家中保守治疗。因为单位有事，在家陪老人待了一段时间后就北上了。不想，一个月后，便从家里传来噩耗，奶奶终究还是走了。回家参加葬礼的时候，看到奶奶去世后消瘦的面庞，想到奶奶一生辛勤，最后却饱受痛苦，即便最拿手的酱也吃不进去一口，真是让人心酸不已。

奶奶走了，带走的还有她做酱的精湛技艺。那麦酱的味道只能和奶奶的笑容一样永远留在回忆中了！

# 一碗面的人生

店头电厂筹建处 杨亚琼

面食的起源究竟是中国还是外国，究竟是南方还是北方，这是研究它的专家们的事，我只想说一碗面在陕西这老秦人眼里就是命根子。关中八大怪有一怪就是：擀的面条像裤带。贾平凹在《废都》里戏说"捞一碗长面喜气洋洋，没调辣子嘟嘟囔囔"；《白鹿原》剧中白嘉轩那一碗油泼面现如今也够火的，听说有不少人专门去白鹿原就为咥（吃）那一碗油泼面，足以说明爱吃面的人是和面分不开的。

我就爱吃面，几乎爱到天天都得见面。如果哪一天没吃上一碗面，就算是躺下了都要起来泡一包方便面吃到肚子再睡下。我为什么爱吃面呢？我自己也说不清，反正就是贪恋那一碗面。

农村出生的我小时候家里穷，能吃一碗白面那是一种奢侈。总记得父亲每到过年时就说，咱祖上传下来的规矩，大年三十中午一定要吃面，一碗长面象征着一年的结束、新一年的开始。"面"是"绵"的谐音，有绵延不绝之意。母亲擀的面是村上出了名的。我常常盼望快过年，能穿新衣服，能不干活，能和小朋友自由自在地玩，还能吃一顿香得不能再香的面。因为那一顿面是母亲用心做出来的。

母亲在早饭后，从瓦瓮里拿一个小巧的、磨得都发红光的葫芦瓢，把早早准备好的、自己家石磨磨的细白面，舀出来倒进一个黑油亮黑油亮的和面盆里，面是白的，盆是黑的，黑白分明，再给清水里加一点儿盐就开始和面。这面平时最多揉三遍，可大过年的面母亲要揉上五六遍，再醒上一个上午。面揉得光得不能再光，擀匀称了切一把宽的，切一撮细的。臊子一定是鸡蛋臊子，黄灿灿、白生生的；调面的小菜也比平时要多，一碟油泼葱花，一碟切碎的红腌辣子，一碟腌韭菜，再炒一碟土豆丝。捞面时得踮着脚才能捞到碗里，长啊！再调上油泼辣子，香啊！真的是香得不能再香了。

平常的日子很少能吃一顿长面，那时能经常吃面的人家并不多。记得有一次我和小伙伴玩耍，他妈叫他回去吃午饭，他不回去，他妈就端了一碗面送到他面前。那一碗面不是手擀面条，而是现在人们说的剁面，农村人叫铡片片。那碗面白而光，亮而透，淡淡的红油辣子，漂着绿绿的葱叶。我当时哈喇子几乎都要掉下来，自己太想吃上一口了，可那是不可能的，白面那会儿太金贵了，于是我立即扭过头说："我也回家吃饭呀，咱不玩了。"我是跑着回家的。

记得小时候和父亲去西安，到了午饭时间看到街边上卖的油泼扯面很好，一大老碗一块钱。现在说一块钱一碗是便宜的，但当时算是贵的了，一个普通工人一个月工资也就不到一百块钱。那家卖油泼扯面的在街边搭起一顶帐篷，支了几张很简单的桌子，在帐篷口架起个废汽油桶子制成的火炉，上面搁的不像是锅，倒像是一个洗衣服的大铝盆。火烧得很旺，有鼓风机在吹，水在那盆里翻滚，一副热气腾腾的样子。老板从案板上放着的盆里拿出几块早就醒好的面，顺着一抻，再拿短擀面杖一擀，从面条的中间压两下，从盛着油的碗里蘸点儿油抹到擀开来的面条上，一扯两扯三扯，啪啪声响在案板上，也响在整个帐篷里。案板是支在帐篷紧挨着门的地方，顺手一甩扯好的面条就飞进了锅里，煮两遍再抓一把切好的莲花白甩到锅里；一个带着长木把的大黑铁勺里倒着菜油伸进旺火里，面捞到大老碗里，把煮熟的莲花白搁到碗底拿面盖好，抓一小把葱花放到上面，撒上红辣子面，搁点儿调料，铁勺里烧红的油泼在面上，吱啦啦一声响，香味就弥漫开来。用力地搅拌着，费力地吸着，不一会儿，一碗热气腾腾的油泼扯面便入肚了，顿觉好舒服啊！

在外逛时也会瞅哪儿有卖扯面的饭馆，有次出去逛时发现胡家庙附近有一家面馆，店小而干净，一碗油泼面八毛钱，便宜也很是筋道好吃。店主给客人做好后，饿了也给自己做一碗，和客人吃得一样有滋有味。从那以后我有意无意地去吃了好多次，再后来有段时间没去，再想吃那一碗面时，去胡家庙再也找不到那家小店了。

我觉得我就是个穷人命，就爱吃一碗面，天底下有那么多好吃的，为啥不爱吃呢？就偏偏喜欢吃一碗面！2009 年夏去海南旅游，八天时间没吃面，临到回家前实在想面想得不行，叫了个出租车拉着我跑了很远，在海口市的边上找了一家兰州拉面馆，见到那一碗拉面时像见到了亲人似的，吃得满头大汗，便觉得过了瘾。

我原以为就我好那一碗面，有天见了个认识的大款，他为吃一碗农家手擀面，觍着颜面给村上住户说好话，叫人家给他做一顿手擀面吃，吃完后说："没办法，这一辈子就好这一碗手擀面，再加上一碟子腌咸菜，哎！美扎了。"我心想有钱啥好吃的不能吃，咋也就爱吃一碗面呢？表哥也是个很有钱的主儿，有人挖苦他说，老王出门吃饭不看酒店，就光瞅哪里卖面。

面，一碗面，一碗长面，凝结着多少情思在里边。

爱生活，也爱一碗长面。

# 难忘那顿蘸水面

铁运公司　张继栋

我生在 20 世纪 70 年代。那时，农村家庭联产承包责任制还未推行，人们每天的主食主要以玉米糁子就咸菜、沥汤挂水的汤面条和金黄的玉米馒头为主，平时能吃上一碗干面，吃一个纯麦面馍馍，简直就和过年一样。让我至今难以忘怀的是我九岁时一天中午吃蘸水面的情景。

记得那时，我上小学二年级，一天中午刚放学回家，就看见作为生产队队长的父亲带了三个公社的干部连说带谝地回到家，一边吩咐母亲端茶倒水，一边问那几个干部中午想吃什么饭。一个戴着眼镜的干部就对父亲说："老哥，听说嫂子面擀得好，你看吃蘸水面怎么样？"父亲表情瞬间凝固了一下，母亲碰了一下父亲，父亲才回过神来，急忙说："到家都是客，没麻达，叫你嫂子给咱擀去。"

母亲尴尬、忐忑不安地走出了前屋，进了厨房，将盛麦面的瓮底扫了个精光，也只收集到一碗面粉，立马和了起来，并且叫哥哥烧锅，让我剥蒜。我剥完蒜用刀把在碗里捣成蒜泥。

母亲把油瓶里仅有的少量菜油倒了个精光，又把油瓶子倒立在小铁勺上等了一会儿，然后把小铁勺放进锅底的火堆上烧了起来，待油滚烫时，母亲把油泼到放有调料的蒜泥里。

母亲开始擀起了面，她用力地揉搓着，先用小擀杖用力地将面饼擀开，擀面杖在案板上咣咣地响着。一会儿又换成长的擀面杖，母亲擀得满头大汗。水开了，母亲把切的好像裤带一样宽的面下到了锅里。待锅滚三遍后，母亲将面条捞到已分好的蒜汁碗里，给客人碗里捞得多，给父亲碗里只捞了两条。我和哥哥看得直流口水。母亲这时却背过身子，抹了一下眼睛，生硬地对我和哥哥说："你俩就在灶火待着，不要操眼地跑出去。"母亲随后把面碗放到有调料碟的木盘上，端进了前屋。

那三个公社干部边吃边对母亲擀的面赞不绝口，父亲却没有端起碗吃，不知是故意还是顾不上吃，只一个劲儿地招呼着说："大家慢慢吃，锅里还有，只要爱吃以后常来。"话音刚毕，一个年轻点儿的干部就回道："老哥，嫂子擀的面真好吃，有的话，给兄弟再来一碗。嫂子你也和娃都赶紧吃，别光招呼我们。"

父亲愣了一下，母亲面露难色急忙说："当然有，把碗给嫂子，孩子们在灶房正吃着呢，不用操心。"母亲进了厨房，望着半锅面汤发愁，不知怎么办才好。前屋不知情的父亲还在催促。

突然，母亲让我叫父亲把自己的碗也端出来，说面下得多，给父亲也再捞些。父亲疑惑地端着碗走进了厨房，看到现状后一脸尴尬，不断地自责。

母亲急忙把父亲碗里的面捞到了客人碗里，为了防止那三个干部看出家里事色不对，父亲匆忙端起客人的碗进了前屋，使劲挤出笑容说："久等了，刚下出的面，赶紧吃！你们谁还要，我给咱端去。"

其他两位精明的客人感觉到了父亲的窘态，急忙回道："老哥，不客气，我们吃饱了。"那位要了两碗的干部不解地问父亲："老哥，光招呼了我们，咋不见你吃呢？你的碗呢？"其他两个干部用眼神暗示问话的干部。父亲红着脸说："正下面呢，我吃下一锅。"

吃完饭后，干部们对父母的热情款待表示感谢。父母送着他们出了门，母亲客气地说："以后想吃嫂子擀的面，随时来。"

父母心情复杂地回到家，发现我和哥哥两个抢着喝客人吃剩下的汤汁，父母难受得不断地落泪。看到痛苦的父母，我俩停止了争抢，像犯了错误似的，规矩地站在父母面前，我还在用舌头不停地、美滋滋地舔嘴边的油花。

现在四十年已经过去了，随着农村家庭联产承包责任制的推行和改革开放的不断深化，生活已发生了翻天覆地的变化，玉米馍馍、玉米搅团又成了人们饭桌上的稀罕物。但每当我吃蘸水面时，总是忍不住地难受，总是吃不出当年的味道，那是记忆的味道，那是特殊年代家庭悲伤的味道。

如今，我们生活在一个伟大的时代，物质生活极大丰富，各种食物随处可见，我也经常为下一顿饭吃什么而发愁，想方设法让妻子做各种花样，也时常在饭桌上向孩子唠叨当年的那顿蘸水面。无论孩子以何种语气笑我又忆苦思甜，我还是一如既往地讲述。其实，我只是想告诉他们：要珍惜当下美好的新生活，不要辜负这个时代，不要辜负这个社会，人要有一颗知足和感恩的心。

# 酸 汤 面

铁运公司　马西铜

　　20 世纪的普集镇是我们武功县的重要镇点，因为普集镇不光有集市，更重要的是有火车站，方圆几十里的老百姓出远门都要到普集镇坐火车。一说到普集镇，最先让人想起的是镇子上的"老陈家酸汤面"。

　　1986 年的元旦异常寒冷，雪粒子簌簌地下了整整一夜，到处被白色覆盖。道路成了溜冰场，整个大路上一辆车也没有。我和几位同学，凌晨 4 点多就从家里出发，一路踏着冰碴子，冒着打在脸上生疼的雪粒，匆匆地奔向四十里外的普集镇。

　　5 点半多，我们终于到车站了，四周黑乎乎的。只见一大堆人挤在售票口，里面不时传出售票员严厉的呵斥声和埋怨声。排了半天队，我们终于把票拿到手，才长长地舒了口气。奔波了半天，大家伙儿的肚子咕噜咕噜地响个不停。

　　普集镇街道不长，也就一百米左右，车站在街道东头。街道两边有铁匠铺、农具铺、代销店、化肥店、种子店等十几家店面，还有几家馆子，有打烧饼的、卖扯面的，还有打搅团、卖锅盔的，老陈家酸汤面在方圆几十里家喻户晓。一说吃饭，大家意见一致，直奔"老陈家"。

对于我这个新生来说，第一次出门坐火车，一切都是那么新鲜。我第一次听说老陈家酸汤面还是在农村饲养室的炕上，听几个饲养员聊天时说的。印象最深的是老李头一说起，脸上总浮现着万分向往又幸福的神情，口水时不时顺着烟袋锅往下流。

带着好奇心，我们走进了一个小巷子。刚入巷子，就有一股酸香的味道扑面而来，立刻让人口内生津，肚子也咕噜咕噜叫得更欢了。只见一口大锅支在一个门面不大的店前，热腾腾的蒸汽弥漫在巷子里，不时听见吆喝声："三大两小，一小少辣子……"随着声音，我透过雾气，看见一位大师傅，身穿灰白色大褂，左手持碗，右手掌瓢。只见他左手碗里有大半碗浅黄色的筋道的拉丝面，右手舀起一大瓢油花花的高汤，顺着大碗边一瓢浇透，整碗面条就浸泡在酸汤里，再抓把提前切好的菜末子（大葱、香菜等）往汤上一撒，一碗热腾腾香味扑鼻的酸汤面就出锅了。

支着五六张方桌的门面里，已经挤满了带着大包小包的客人，锅前空地上、围墙根还蹲着几十个。只见食客一个个端着碗，筷子上下翻飞，细面条挑出老高，一个劲地往嘴里刨，不时发出吱溜吱溜的声音，连汤带面全部进肚，唯恐一丝香气飘走。

"再来一碗!"几乎所有男人都一样,刚吃完一碗,就迫不及待地再要一碗。几个女人跟男人一样,站在墙根下,顾不上吃相了。

屋内四五个人来回忙活着,下面的下面,切菜的切菜,烧火的烧火。红通通的炉膛里,鼓风机使劲地吹着,就像几个师傅一样,有用不完的劲。

"一碗多钱?"

我凑到锅跟前一边问一边怯怯地捏着兜里的一块三毛七分钱。

"大碗一毛五,小碗一毛。"大师傅粗声粗气地说着还瞥我一眼,意思是说价格还要问。

我也随着大家要了一大碗。看着碗里油花花酸香的面,再也来不及想什么,我圪蹴在墙根,就开始大吃起来,感觉汤鲜面香,筋道醇厚,辣中带酸。热汤面下肚,周身瞬间热乎起来,鼻子尖还渗出一丝细汗。一大碗吃完,好像没感觉到饱。

"再来一碗!"吃就吃美!

坐在火车上,嘴边酸汤面的味道伴了我一路。

多年过去了,梦里还时常出现吃酸汤面的场景——酸香的汤里漂着一团筋道的面条,油花花的,上面漂着葱末和香菜末,惹人馋的香气飘浮在眼前，好几次口水都流到了枕头上。

后来，我终于有机会路过普集镇，眼前是平整宽阔的水泥路，火车站重新修建了，两边建了几栋高楼，印象中的老街道全没了。我打听到有一家卖酸汤面的店，到门口一看，很阔气的饭店，玻璃旋转大门，大厅宽阔明亮，服务员穿着时尚。

"先生，里面请!"

"有酸汤面吗?"

"有的，请!"

"来两碗，辣子多些。"

没几分钟，服务员就端了上来。碗是细瓷白玉碗，蓝花镶边，很精致的餐具。汤里面臊子不少，和印象中的一样油汪汪的。丝丝的酸汤面，久违的酸汤面!

看着似乎和原来的一样，葱花、香菜，也油花花的，味道却不知哪里不对，总之吃不出原来的味道了。

一边吃着，一边和服务员聊着天。"陈家早就不干了，镇上的歪娃刘德怀把他撺走了，老陈一气，再没缓过来，死了二十多年了。德怀的小舅子现在是我们的老板。"

"你们的生意还好吧?"

"挺好的，镇上就我们一家卖酸汤面。"

一路上，我内心久久不能平静，好怀念老陈家的酸汤面!

# 咸汤面

生活服务分公司　付建国

　　咸汤面是铜川耀州区的传统小吃，当年老舍先生来铜川品尝过咸汤面后曾风趣地说："小小耀县咸汤面，胜过北京高级饭店。"

　　耀州人极想把咸汤面推广到外地，丰富外地人的饮食花样，但面和好了，锅烧开了，却很少有人去吃，原因是外地的多数地方没有清早吃面的习惯。咸汤面极具地域特点，自古只在耀州城里才能吃到，在城外的乡镇或铜川别的地方是找不着咸汤面馆的，咸汤面好像不服水土似的在外地总也扎不了根。因为它的地域特点，我虽然是土生土长的铜川人，但因久居铜川老区，吃第一碗咸汤面已是三十多岁以后的事了。

　　2009 年我和家人迁居铜川新区，每次回新区，耀州区是必经之路。多少次大清早路过耀州区，见到集市、路边很多家饭馆门口排起一条条长龙。我开始并未留意，经过几次后才发现大清早排起长队的都是清一色的"××咸汤面"馆。出于好奇我也想加入排队的人流当中，终因时间匆忙未能如愿。直到有一次读到贾平凹的一本小说后记，其中介绍他当年在耀县城北的桃曲坡水库搞创作，去耀县县城慕名吃了一次咸汤面，从此上瘾。写作期间在桃曲坡水库待了四十多天，他总共去县城吃过六次。水库到县城七八里路，都是步行去的，每次都吃两碗。有一次，逛完县城、吃完咸汤面返回，走到半路肚子又饿了，就再去县城吃，一天里吃了两次。回到西安后他还对耀州咸汤面念念不忘。看过这个介绍后我越发对咸汤面产生了浓厚的兴趣，准备有机会一定去尝尝咸汤面的味道。

一个周末的早晨，我们一家三口驱车从新区赶往耀州区。下车后在药市街一个排队人数最多，名曰"苟二咸汤面"的面馆前加入了排队长龙。随着队伍慢慢挪动，临近门口，我才发现面馆面积不大，里外两间，听到里间咣咣作响，伴有轻微的轰隆轰隆声，透过门，只见浓浓的蒸汽从一口煮面的大锅内冒出。咣咣作响是厨师在案板上扯面、摔面的声音，轰隆轰隆是另一个厨师在和面机上和面。操作间内靠门脸的地方有一口二尺的大铁锅，锅内不时上下翻滚着豆腐片的油汤热气腾腾，锅沿靠墙一侧担着一块木板，上面一溜儿放着四个脸盆大小的耀州窑青花粗瓷大碗，里面分别盛着葱末、韭菜末、油泼辣子、油炸豆腐丝。和大锅平行的案台上整整齐齐放着两三排盛好熟面的大小碗。终于排到我了，在问过加不加豆腐丝、收过钱后，只见店家娴熟地用左手端起大碗，右手把热汤舀进碗内，然后再把汤滗入锅内。如此往复三次之后，一碗热气腾腾的咸汤面就递到了我手上。只见汤上面红红的辣椒油和白白的豆腐块相间，伴着翠绿的韭菜末和焦黄的豆腐丝。

因我一人排队，妻女虽占着了位子，轮到我时已无位可坐，索性就发扬了"陕西八大怪"的优良传统——端碗圪蹴在店外吃起来。一入口并不咸，面很筋道，在听从了旁人的建议加入柿子醋后味道更别具一格。我匆匆吃完一碗，感觉胃暖暖的，很舒服。

十来岁的侄子生长于西安，自小吃洋快餐长大。原本想着他不会对咸汤面感兴趣，没想到带他吃了回咸汤面后便从此记住，周末只要一回铜川便要吃一两次咸汤面。

随着吃的次数增多，才知道咸汤面筋道、暖胃的原因是和面时加入了碱面的缘故，而且汤的加工颇为讲究，要加入小香、大香、花椒、上元桂、姜片、良姜、草果、丁香、白蔻仁、虾皮、胡椒、生姜、葱、辣椒油等十几味调料。当然，个别配料和配方店家是秘而不宣的。咸汤面要属药市街的"苟二"家最为正宗，通过我多次品尝，西街"周家"和区政府旁边一家无名咸汤面店的口味也不错。

令人欣喜的是，咸汤面慢慢走出了耀州，现在不光新区有卖，而且像马咀村、照金这一类旅游景点也开店售卖。希望朋友们有机会来铜川，尝一尝我家乡的小吃——咸汤面。

# 消失的兵种、永不泯灭的军魂

一号煤矿　白建礼

　　心情平复了许久，也在心里酝酿了很久，终于提起笔来写这篇文章。2018 年 10 月 9 日，人民大会堂北大厅华灯璀璨，气氛庄重热烈，红色背景板上，"国家综合性消防救援队伍授旗仪式"字样分外醒目，五百余名身着新式制服的消防救援人员整齐列队，以昂扬饱满的精神状态等候仪式开始。10 时 30 分，授旗仪式正式开始，全场高唱国歌，威武的仪仗队员护卫着中国消防救援队队旗，正步行进到主席台前，全场人员向队旗庄严敬礼。看着新闻里播放的画面，躺在沙发上的我不由得站起身来，向着电视画面敬了一个阔别了二十八年的标准的、庄严的军礼。

　　那一刻我的眼睛模糊了，部队的生活、训练、出警等场景一幕幕在眼前掠过，身体里热血在一阵阵沸腾。聆听着习总书记的训词，我为我曾经是一名消防兵而骄傲和自豪。每当我想起自己的军旅生涯，展现在脑海里的一幅幅画面是那么清晰，那么多彩，我也常常为此感到骄傲并幸福着。军队生活的三个春秋永远是我人生当中最宝贵的财富，每每忆起往日和战友们无拘无束的欢声笑语，想到那充满战斗豪气的训练场，我就仿佛回到了金戈铁马的军营生涯，重温昔日部队生活的美好！退伍多年，部队的军号声依然清脆嘹亮，经常在梦中响起。每每听到号声，身体还是会自然地紧张、激动起来，心中始终铭记着那是部队起床、早操、训练、紧急集合的信号。记得刚复员的第一个星期天早晨，我定了闹钟准备早起，当时正做梦出火警，我一骨碌坐起身来就去抓衣服，伸出去的手突然停了下来，原来不是出警的警铃声，坐了好一会儿我才回过神来。在我的生活中，衣食住行都受到军旅生活的影响，军绿色是我最喜欢的颜色，退伍时留下的警衔警徽都被我保存至今。这些物件见证过我那段珍贵的军旅生活，彰显的是军人的本色，我一直舍不得丢弃它们，每一年都要拿出来看看，对着警徽、警衔、复员证默默地凝视片刻……

随着年龄的增长，我对"军人"的理解也更加深刻，军人的牺牲是一种胸怀，是一种风采。使命的履行必须甘于付出鲜血和生命，军人的奉献牺牲是最纯粹的、最彻底的、无条件的。在大火、地震、洪水等自然灾害面前，你就可以看到什么是中国军人。他们始终秉承着"人民利益高于一切"的光荣传统，危难时刻总是把危险留给自己，将苦难一肩担当，挺直脊梁，为国家撑起一片晴空。就是脱了军装的，骨子里仍保留着军人的本色，任何时候，都是任劳任怨，发扬革命传统，保持军人风范。作为军人，我们无悔，因为我们选择了军人这个牺牲奉献的职业。

我曾是一名武警消防战士，当我穿上那绿色的军装，心中便油然升起责任感，自然为我是一名消防战士倍感自豪。头上的徽章让我骄傲，水枪、水带、消防梯、消防斧、消防绳，保卫着安定与微笑。盾牌让我知道，我的责任是多么的重要；保护国家及人民的财产生命，我不敢怠慢分毫。初入伍时，一次次、一场场火灾扑救熄灭了我的天真与浮躁；一次次战斗、一场场拼搏，让我经历了血与火的淬炼，让我快速成长为一名合格的消防战士。

离开部队已二十八个春秋，但我无时无刻不在关注着部队，每当看到新闻里有消防战士，我都会认真地把新闻看完。记得"感动中国"的杨科璋是一名消防中队的指导员，牺牲时年仅二十七岁。当战友们发现时他仰面躺在地上，而他所营救的小女孩被他紧紧搂在胸前，由于杨科璋身体的缓冲，小女孩除头部擦伤外没有任何损伤，可杨科璋却伤重不治。为了保护小女孩，他在坠落的过程中一直没有松手，在生命最后一刻他依然保持着抱孩子离开时的姿势。2008 年 5 月 12 日，这是无法被忘记的一天，汶川发生 8.0 级地震，消防官兵日夜奋战在救援一线。悲壮的一幕定格在 2014 年"五一"劳动节，上海一高层住宅突发大火，扑救中，两名九〇后消防员受轰燃和热气浪的推力从十三楼坠落，坠楼瞬间，他们手拉着手，生死关头不离不弃。

军中有句俗话，"养兵千日，用兵一时"，而消防兵则是"养兵千日，用兵千日"。消防兵，是和平年代离牺牲最近的一个兵种，一代代年轻的消防官兵，用生命上演最美逆行，诠释军人的职责与担当。

# 我和我追逐的梦想

发电公司　牛文波

　　人生不易，还好有书法作陪。相识或是看过我的字的人都会问我：你的字怎么写得那么漂亮，练了多久？有什么诀窍？跟哪位名师学的？以后是不是要成名？能否送我几幅？在他们眼中，我也算是个"书法家"。其实，我充其量是一个书法爱好者而已。我只是花了太多时间来写字，而这，离我的梦想遥不可及。

　　喜欢上书法也是一件机缘巧合的事。起初也是为了写好字，没想到父亲的鼓励让我一天天坚持下来。如今竟也小有年头，至今我都尤为感激。为此，我把它当作是我的梦想。而当初说好一起写字的人，你们都在哪里呢？你们的梦想还在吗？

　　小时候，买不起宣纸和墨汁，我就蘸着兑了水的墨汁在房顶上"写写画画"。那时候，因为家住农村，有很大且平整的房顶，它当我的宣纸再好不过，写满了就用水管冲洗干净，干了再继续写。虽然房顶为我省下了买纸的钱，但是买毛笔也是一笔不小的开支。那时候父亲对于我写字的支持，就是省下自己的那一点点烟钱，时不时为我添上一支新毛笔。然而在水泥地面上写字和在宣纸上写字还是有区别的，就像地书一样，你只能在字形和笔法上有进步，可书法终究还是要回归于宣纸之上，是要讲究运笔、用墨、结构和章法的，最终的创作还是要在宣纸上完成。对于这样的条件，我已经很满足了，只要是有进步，哪怕慢一点儿，走点儿弯路都行。后来遇到了我的第一个书法启蒙老师，让我真正见识了书法的精髓和美妙，在他的悉心指导下，我对书法有了更深的理解。读大学的那几年里，我把大多数的业余时间用在写字上，说勤学苦练、废寝忘食都不为过。我至今仍清楚地记得书画协会办公室的位置，那里有一盏灯，时常陪我至深夜，那便是我坚持和追逐的梦想。没想到的是，我因为书法很荣幸地成了黄陵矿业的一名员工。有的时候，梦想并不只是梦想，它会在不经意间点亮你的生活，让你觉得那些年来的执着与付出，都是值得的，"还好，我没放弃"。

多年来，我一直笔耕不辍，写过的纸不知扔了多少，房间里的大纸箱也堆了好多，全是这些年写的字。朋友见到调侃说："与其放在这里占地方还不如送给我，等你以后成名了，这些都是钱。"我没答应，虽是些不满意的习作，但可以时常提醒自己练字需要规避的毛病。"临的帖太多，写的又太杂，一味地去模仿，又过多地去表现。"这是好多老师给我的评价。起初我不以为然，后来看的字多了，眼界开阔了，再重新审视自己的作品，才理解了老师的用心，看到了自身存在的问题。日后，我将先前以练为主的方法改变为先观、再思、后练的方式，对之前写过的作品逐字比对，每个笔画、每个字形，尝试以不同的风格去体现，一点一点改正，一步一步提高，一段时间下来，竟有了不错的改观。现在，我的字被更多的老师、同事甚至陌生人所接受，新书的较为满意的作品晒在朋友圈里，也会得到大家的点赞和转发，还有几次发表到陕煤集团的网站、报刊上；家里有孩子的朋友还几次三番提议我开办书法班，让自家的孩子也能得到书法的熏陶，这更让我感受到了书法的感染力——我的梦想，也可以成为大家的梦想。

其实书法是有灵性的，你真诚对待，它便给你回馈。当你用心去看你写过的字的时候，你会发现，它远比你想象的更美。因为喜欢上书法，我也喜欢上了古诗词，喜欢上了中国古典文学，从古人的字里行间读出了感动与钦佩。我虽达不到"胸藏文墨虚若谷，腹有诗书气自华"的境界，但可借诗词文化清心、养志。闲暇时，临上几幅小楷，抄上几句诗词，再有青灯苦茶做伴，岂不乐事？

人生有很多选择，你的选择是别人给予你的，那别人的呢？

这个世上很多事是没有选择的，比如父母、亲人，比如环境，你无法知道下一秒钟会发生什么，亲人的离开、年龄的增长都是无法改变的，不忘初心、不念过往才是我们面对改变应有的态度。我还记得多年前读完小说《平凡的世界》后写的那篇读后感，我曾把自己比作农民、揽工汉、煤矿工人，前两者我都是了，遗憾没能成为一名煤矿工人时，我却一脚踏进了电厂的大门。十多年来，我深深感动于电厂职工们的默默无闻、踏实勤奋，他们没有煤矿工人那样感人至深的故事，也没有被世人广为称颂，他们只是在平凡的岗位上做着平凡的工作，日复一日，年复一年，他们奉献的不只是光明，还有青春。青春本该是绽放异彩、光芒万丈的，但是这些热血青年却甘愿扎根电厂，在最好的年华里做着平凡的事，这是因为，他们有自己追逐的梦想。

"生命是一场旅程，我们要经过多少个轮回才有机会享受这一次旅程，这短短的一生我们终将会失去，你不妨大胆一些，爱一个人，攀一座山，追一个梦。很多事我们不了解，很多问题都没有答案，但我相信，上天给我们生命，一定是为了让我们创造奇迹的。"这是电影《大鱼海棠》里的一句台词，我希望有梦想的朋友们都要有"黄沙百战穿金甲，不破楼兰终不还"的决心，要有"长风破浪会有时，直挂云帆济沧海"的信念，更要有"行到水穷处，坐看云起时"的豁达。尽管在追逐梦想的路上走得太难，但是千万不能放弃，不要忘记当初的选择。

人生不易，欢喜快乐之时终归短暂，烦恼愁苦伴随一生，只要心中有梦，我便一路追随，"回首向来萧瑟处，归去，也无风雨也无晴"。

# 核桃熟了

一号煤矿　张毅

每年9月前后，宜君县棋盘镇各乡村的公路上车水马龙，车流量较往常多了一倍。难道家家都有喜事？

原来，此时正是核桃收获的季节，这是大多数外出务工的村民驱车赶回家，村民驾驶农用车运输核桃的情景。目前山核桃的采摘方式依然是传统的"打核桃"，这到底是怎样的一个过程？

"白露到，竹竿摇；满地金，扁担挑"，这是当地的一句顺口溜。站在山上，放眼望去，漫山遍野都是核桃树。核桃树苗的来历有个奇妙的"旅程"，它最初是农民采摘核桃时遗漏的核桃或者是小松鼠储存在地下的食物忘了吃，来年发芽生长出来的小苗苗。有些树苗长在庄稼地里头，农民担心树苗长大了会影响粮食产量，就把它移到地塄上。从树苗到结果，核桃树自由生长，一长就是二十年。

打核桃了！只见采摘的人搂着树干爬上去，有经验的还会在树上灵活地变换着姿势，一会儿站着，一会儿趴着，一会儿蹲着，一会儿靠着，手里挥动着竹竿对准核桃密集的地方敲打下去，满地落果，顺带着敲下来的核桃叶子，也跟着在天空中飞舞起来，美得惊心动魄！

一树的核桃打完了，树下的人便捡起核桃放入藤条筐子，拾够满满一筐子再装进编织袋里抬上车，车装满了就运回家里。运回家的鲜核桃，农民把它摊开晾在院子里，再割一些野草盖在核桃上面，阴干几天后就可以人工脱皮了。

传统采摘、人工脱皮、自然晾晒的核桃没有任何污染，虽然外观不够白净，但比市面上那些经过药水处理脱皮的核桃好吃得多。在核桃皮上喷洒药水确实方便脱皮，但药水会渗入核桃内部，就算脱皮完成后再用清水清洗，水也会渗入核桃内部，虽外表看起来仍然光洁白净，但里面容易变色发霉，口感自然与"原汁原味"的核桃相差甚远。难怪外地商贩都爱来这里买核桃。

核桃作为棋盘人的主要经济作物，不仅为当地老百姓带来可观的收益，而且成为在外漂泊的棋盘人的一种乡愁标识。从外地回来的棋盘人跑到自家地里亲自体验打核桃，在树下捡核桃、运核桃、吃核桃，满脸笑容，仿佛又找到了那久违的家乡味儿。

# 东北年　红火年

生态农业公司　高杨

　　眼瞅着就要过年了，对于中国人来说，春节是一年当中最重要的节日，也是甩开膀子从初一吃到十五的一个节日。正月过春节，腊月办年货，有人的地方，就有年货的集市、年货的热闹。记得小时候在东北过年的时候要准备的东西很多，年味伴随着满大街的拥挤，显得格外浓厚。

　　在东北年货集市上还有一种神奇默契——"你想吃什么，你就像什么，你就有什么"，比如你跟着大人采购年货的时候在市场上看到一地的雪糕（东北的冬天是不需要冰箱的，雪糕都是放在大街上卖），"妈，我想吃冰棍。""我看你像冰棍。"然后不一会儿你手里就会有一根冰棍。走在自带冰镇效果的街上，呼着热气、伸着舌头舔着手里的冰棍，舌头不时地被粘住，冷热交替的酸爽是其他地方体会不到的。

　　小时候在农村，过了腊八就是年，东北人开始杀年猪宰公鸡，把猪肉切成块，堆放在大缸中摆在房子后面阴凉处等待过年的时候吃，大公鸡宰杀好直接悬挂在房梁上。谁家杀猪当天都要把酸菜、肥肉和血肠放在大锅里炖，把邻居亲戚请到家里来吃，这便是常说的"杀猪菜"。

腊月二十三是东北的"小年"，小年这天要用黏黏的麦芽糖祭灶，希望灶公灶母到玉皇大帝那里禀报时，多讲甜言蜜语。有一句歇后语：灶王爷升天——好话多讲。

"二十四扫房子"，腊月二十四这一天要扫房。以前在农村的时候住平房，要用报纸把室内墙面和顶棚重新裱糊一遍，现在条件好了都是乳胶漆墙面，不需要糊墙，开着窗户用鸡毛掸子或扫帚扫掉房顶的蛛网灰尘，寓意辞旧迎新。

黏豆包是东北年节餐桌上不可或缺的主角，蒸熟以后放到户外冻起来，冻透后一层一层摞起来放在缸里保存过冬，想吃的时候放在锅里蒸一下就可以。"二十八把面发，二十九蒸馒头"即指此。

东北人过年最为讲究的要数大年三十（除夕夜）的年夜饭了，无论平时在哪里，这一刻都要一家团圆，欢聚一堂，欢欢喜喜迎新年。东北人非常重视年夜饭的质量，通常这顿饭必须包括"四大件儿"，即鸡、鸭、鱼和猪肘子，好像只要缺了其中一样，这顿饭就显得非常不地道、不东北。

高跷和秧歌向来都是东北人的挚爱，正月里，男女老少只要听到鼓点都能加入队伍扭起那欢快的大秧歌，扭出新年好兆头。年的到来，标志着新的开始，都长了一岁，有一个红火的年意味着有一个红火的开始。

# 滴水藏海

　　"感人心者，莫先乎情。"亲情是"马上相逢无纸笔，凭君传语报平安"的嘱咐，是"临行密密缝，意恐迟迟归"的牵挂，是"来日绮窗前，寒梅著花未"的思念，是"雨中黄叶树，灯下白头人"的守候。

　　山不厌高，海不厌深。亲情像山像海，暖暖的包容、亲亲的嘱托、默默的给予，抑或拳拳的教导。我们离不开亲情，有如高飘的风筝挣不脱细长的绳线；我们依赖亲情，有如瓜豆的藤蔓缠绕着竹节或篱笆；我们拥有亲情，有如寒冷的小麦盖上了洁白的雪被，温暖如春，幸福如蜜。

　　人生什么都可以放下，唯有亲情放不下！

　　因为亲情是一种血缘，亲情中有自己。

# 父亲的箱子

发电公司　　任来虎

　　要搬新家了，整理物品的时候，在床下拉出一个木箱子，箱盖上布满了灰。拿起毛巾，轻轻地抹去箱盖上厚厚的尘土，淡黄色的油漆，花鸟图案，依然那么鲜亮地呈现在眼前。三十多年了，轻轻地打开箱盖，看到里面有几本发黄的会计书籍和几张散落的黑白照片，还有许多几十年前与父亲来往的信件，睹物思情，让我的思绪回到了遥远的过去。

　　眼前这个木箱子，是我高考被录取后，父亲亲手给我做的，我一直视它为一件精美的工艺品。当年上学临走时，里面放着妈妈准备的被褥及零星生活用品。临走的那一天凌晨，秋雨缠绵，父亲用塑料布把箱子包了一层又一层，然后执意把它扛在肩上，我只好跟在父亲身后，在雨雾弥漫中望着父亲的背影，觉得父亲是那么的高大魁梧，让我心里很踏实也很自豪。我和父亲走了七八里路，天亮的时候，来到街镇的公路边上等长途客车，晨光中看到父亲额头上冒着热气，流淌着汗水，不知道是雨水还是汗水湿透了父亲已经变色的粗布衬衣。

从那天开始，这个木箱子就伴随着我上学、工作、成家、立业。

三十年过去了，我已步入中年，父亲也是七十多岁的老人了，这让我有一种"子欲孝而亲健在"的幸福之感，也许只有做子女的才能够真正理解这种人间之爱，享受这种天伦之乐。

前段时期，在春雨霏霏中，父亲与妹妹从乡下来到城里，带来了母亲亲手做的苜蓿菜卷和槐花麦饭，还有几十个白生生的手工馍。第二天早晨，他们临走时，天空依然下着小雨，我送父亲和妹妹去车站，望着父亲佝偻的身形，心里满是酸楚。当看到父亲踏进车门，慈祥地回头向我招手，示意我回去时，我的心头顿时潮潮的，雨水裹着泪水往下流。望着客车在眼前模模糊糊地渐行渐远，最后消失在雨雾中，我站在清冷的路边，感叹时光荏苒，岁月无情。陡然间，回忆起当年父亲扛着箱子送我去上学的情景，脑海里浮现出老人家许多生活点滴，父亲的做人风范，为儿女付出的艰辛，值得我一生学习。

父亲年轻时是一位乡村教师，三十多岁的时候，就已经是上有两位老人、下有五个孩子的家庭顶梁柱。20世纪60年代的农村，要养活这么一大家子人，落在父亲肩膀上的担子之重可想而知。

为了养家糊口，父亲就与箱子结下了不解之缘。

当时，我家有一亩多自留地，包括自己家的房前屋后，父亲未成家时就栽下了不少桐树苗，担水浇灌，精心侍弄，经历十年生长，这些桐树苗长成了遮天蔽日的大树。记得砍伐第一棵桐树时，父亲在大树上绑上红绳子，倒了三杯烧酒，磕头作揖敬"树神"，之后才和叔叔一起伐倒了第一棵大桐树，然后拉锯解板。父亲早晨去学校之前，把夜里解好的箱子板晾晒到院子的墙边，晚上回到家里再接着抛光、合缝、锯铆，箱子成型后，又开始批灰、打光、上油漆。晚上，我常常都是在父亲唰唰的给板面抛光声中入睡。有一次半夜醒来，我看到外面煤油灯闪烁，却没有听到声响，便睡眼惺忪出了房门，却看到父亲嘴里叼着烟卷，满头锯末靠在院墙边洁白的木板上，在昏黄的煤油灯下睡着了，脚下是一大堆松软的刨花。

那一情景，至今使我不能忘记。

自从父亲做起木工活后，每次箱子做好，到了星期六晚上，父亲就和邻居伯伯一起挑起箱子，赶到县城，爬上从富平开往铜川的煤车；下了煤车，就在河道里洗把脸，然后急急忙忙赶往早市，卖掉箱子，买些黑市粮食及日用品；到了下午又冒着酷暑或严寒，匆忙赶到火车站，爬上煤车，一路风尘地踏上归家的行程。每次回来，他总是给孩子们带些糖果饼干，给爷爷和奶奶买些油糕点心，那是我们全家最开心的时候。

父亲洗去灰尘和头发里的煤末，换洗好衣服，匆忙吃上几口饭菜，拿上一个杂粮馒头便赶往学校给学生上课。到了晚上还要批改作业，准备第二天的课程。

父亲的艰辛，我们做子女的看在眼里，在我成长的记忆里，"父亲"二字蕴含着伟大和责任，诠释着父爱。父亲做木工活手艺精湛，我一直为他骄傲和自豪。如今，每次回到家里看望二老，拉起家常，说起过去，父亲总是淡淡一笑说："那一切都是逼出来的，不去吃苦，你们就要挨饿。"一年又一年，父亲在那个年代做了多少箱子，付出多少艰辛，我无法用量去计算。他常常告诉我，真不知道有多少箱子卖给了那些生活在山沟里的煤矿工人。人们常夸他做的箱子油漆亮堂，花鸟生动逼真。但我知道，那是父亲对爷爷奶奶厚重的孝心和对儿女拳拳的慈爱，这种爱让我们全家度过了缺衣少食的艰难岁月，也让我们在父母的养育下一天天成长起来。

20 世纪 80 年代初，我去外地读书，父亲由于多年的辛劳，身体已经大不如前，早已不再做木工这些体力活。我要上学了，全家人都很高兴，只有父亲慈祥的脸上，依然很平静，他默默地拿出那些早已生锈的木工工具，搜寻一些剩余的木板和下脚料，准备给我打一个木箱子。箱子做好后，他精心地画上花鸟图案，并亲自熬制油漆，上三遍油漆，再打磨三遍。看着自己做的箱子，父亲遗憾地摇摇头对我说："多年不做木活了，手艺生疏了，将就用吧!"父亲专注的目光和细细打量箱子的眼神，虽然已经过去了多年，却始终定格在我的脑海里不能磨灭。

望着眼前的木箱子，我一遍又一遍地擦拭干净，油漆依然鲜亮，花鸟依然生动，这是父亲倾注了爱和心血做成的。

三十年过去了，每次看到它，都会有一股暖流在我心中流淌。

# 怀念父亲

公司机关　雷达

　　在我的记忆中，父亲总是在不停地忙碌着，直到2011年因病才有了暂时的"停歇"。其间透析、移植，父亲与病魔开始了长达五年的抗争，他始终是那么坚强、乐观，豁达地面对一切。2015年11月23日，他走完了丰富而又充实的六十七年人生之路。

　　父亲出生在一个偏远的小山村，家贫，兄弟姊妹也多，小时候生活是比较艰苦的。他很少提起小时候的事，但说起饿肚子却是深有体会。初中阶段是男孩子最能吃的时候，山里边的孩子上学要住校，学校离家有二十里地，每天吃几个馒头都是提前计划好的，经常到了周末，父亲都是饿着肚子走二十几里地，赶到家吃顿饱饭。这种人生经历养成了他勤俭节约、吃苦耐劳的性格。为了改变生活状况，他在二十二岁时，和母亲毅然决定带着我刚满周岁的兄长走出大山，走出了他改变人生的重要一步。

　　父亲当过兵、务过农、打过工、做过生意，实际上以父亲的性格是非常适合在部队干一番事业的。他1970年12月应征入伍，在部队的大熔炉内开阔了眼界，增长了知识，练就了不服输、坚忍好强的品格。由于表现突出，父亲多次受到表彰嘉奖，并多年担任班长。就在领导找他谈话有意给他转干前后，由于生活环境所迫，母亲多次电报催促父亲归家。在部队领导的挽留中，他最终选择了承担家庭责任，于1975年初光荣复员。

正是部队生活的历练积累，父亲才会有这样励志的人生。他从一名季节工到转正用了将近十三年。那个年代，各乡镇要征收公粮，就从退伍军人中来选拔工人，属于季节性雇佣，主要是帮政府在农忙时协调征粮相关杂事，农忙结束后就各回各家。父亲起初干一些扛麻袋的体力活，时间长了，领导觉得这小伙子还不错，不仅有力气、有思想，还能写点儿通讯稿，最终父亲被留了下来。最可惜的是在乡政府文化站任站长时，工作干得有声有色，书记乡长都挺看重他，但同时他也兼着粮食局的乡干事，粮食局领导一看不行，乡政府要挖人了，一纸调令就将他调回了局机关。那时候粮食局是吃香单位，要不然在政府下属单位工作，他可能也不会有太多的艰辛。

20世纪80年代，正赶上改革开放，有志青年都热血沸腾，父亲也不例外，但更多的还是为生活所迫。买车跑运输当时在农村还是比较少的，父亲可以说是"敢吃螃蟹"的人，他边上班边经营。那时候管拉货的车叫嘎子车，就是那种挡位既不好挂视线也不好的货车。拉煤的小煤窑都在大山沟，路是又险又窄。有时司机倒不开，原本不会开车的父亲就自己开着车去拉煤。那时候我年龄小，老是吵闹着要坐汽车，父亲总呵斥着说别捣乱。我也理解不了有时父亲晚上出车，母亲为什么只有听到车回来的声音才会安然睡觉。就这样劳心费神地经营了两三年，也没能挣得几个钱。父亲一看拉货风险太大，几个合伙人一合计，收拾了摊子，然后不知又从哪里买回来个大轿子车，转变思路拉人，而且是跑西安的线路。当时在我们小县城私人跑西安线路的客车很少，我们家的大轿车算是数一数二的了。我也高兴得欢天喜地，主要是想可以去省城西安了。终于等到了某个假期，我早早起床，也没顾得上吃早饭，拿了点儿馍就上车期盼着去省城了。往往是期望越大失望就越大，车子走了一个多小时，还未开出县界，就趴在地上抛锚了。折腾了一天不但省城没去成，天黑才回到家，饿得前胸贴后背。就如我的"期望"一样，父亲前后折腾了好几年，不但没有带来经济的好转，反而欠了一屁股的债。

这一折腾大概就到了 1988 年，父亲开始反思经营失误的原因，最后总结出来"做生意首先必须亲力亲为"，边上班边经营两头都顾不上，他决定一门心思地上班了。

但那个年代各个单位都搞经营承包，这不，单位领导说：你头脑灵活，咱们单位又是粮食部门，给你几个人成立食品综合门市部吧，也搞一个经营承包制，一是完成改革指标任务，二是搞好了，也可以给单位和职工带来点儿实惠。父亲那时候正值不惑之年，年轻力壮，精力充沛，门市部经营品种从单一的馒头到麻花、糕点、月饼等几十样食品，人员也从起初的几个人发展到将近百人，月饼等食品销售还辐射到邻近几个县城。当时在我们的小县城父亲所在单位的食品加工规模也算是数一数二的，我们家也随着经济的好转在县城正式安家落户，父亲也因为工作突出被任命为县粮油食品加工厂的厂长。由于工作原因，父亲后来也经营过煤炭生意，经历过20世纪90年代末的经济危机，也经历过煤炭的黄金岁月。不管是艰难险阻还是阳光彩虹，他都在顽强地拼搏着。

可能是体会过生活太多的艰辛和不易，父亲一直要求我们踏实工作、淡定做人，对我们的教育是严格而又宽仁。他始终都是把困难险阻留给自己，把积极阳光留给亲人们，直到病重昏迷期间，醒来后见我在身旁，第一句话就是："你们怎么没去上班呢？我不要紧。"知道是礼拜天后还说："天黑了路上不安全，有你妈在，你们早早回去上班吧。"就是这种严慈的父爱，始终激励着我积极地面对生活，鼓励着我走好人生的每一步。

想想父亲晚年的病痛，与年轻时的辛苦劳累、奋力打拼是有关系的，为了摆脱贫穷、改变命运，父亲一直都在不停歇地奋斗着，直到生命的尽头。由于肾移植产生排异，他永远离开了我们，留给亲人们无限的哀思。但父亲的豁达、坚忍好强、辛勤节俭、宽厚待人的品质，是留给我们的巨大财富，我们将传承发扬这种品质，传递人生正能量，来实现自己的人生价值。

父亲的一生，就如叔父缅怀他的挽联：

六十七载人生路，五味杂陈都尝尽；

肩扛孝道与仁义，无怨无悔走人生。

在父亲去世三周年之际，特以寥寥数笔寄托思念之情，以告慰父亲在天之灵，愿天堂的父亲安息！

# 怀念母亲

公司机关　徐永涛


　　曾记得有篇文章这样写过："有学历的人，不一定有文化；没学历的人，也不一定没文化。"我的母亲便是后者。

　　20 世纪的 70 年代，父亲从部队退伍回来后被村里人推选为生产队大队长，他认为既然乡亲们信任他，就不能辜负大家的一片期望，要一心为公、本分善良，竭力为村民服务。无奈当时家境不济，全家人的温饱都成了问题。女本柔弱，为母则刚。为了不让家人饿肚子，母亲就拉着架子车带着我到村子的其他队上借粮食吃，郑家十斤、张家八斤、李家七斤……每借一次粮食，母亲都会用铅笔认认真真地把借粮日期和数量记在小本子上。到了来年，打下了粮食，又会在第一时间一家一家地把欠的粮食还上，再给他们多补上一二斤。母亲总说，在危难的时候别人帮了咱一把，咱们要懂得报恩。

　　80 年代末，父亲因生计所迫终于还是辞了村主任的职务，东奔西走地做点儿小生意维持一家人的开销。记得那时候，对我来说最开心的就是过年，每到年底父亲都会带猪蹄、猪尾巴和一块猪板油回来，我和哥哥高兴地欢呼爸爸的伟大。母亲也会小心地拿镊子把猪蹄上的细毛一根根拔掉，收拾干净，说到年三十给我们红烧着吃。

我和哥哥盼望着盼望着，终于到了年三十的下午，村里的老先生开始给各家各户写春联，我跑去凑热闹，给先生帮忙压纸，再取上一副吉祥如意的春联跑回家和哥哥一块儿贴到堂屋门上。天刚一擦黑，我俩就迫不及待地跑到灶房，只见母亲不停地抓起稻草塞进锅灶内，一会儿用嘴吹气，一会儿用烧火棍捅草灰，我们站在锅台边，瞪大眼睛，馋涎欲滴，催促着要母亲把火烧大点儿快点儿，早点儿煮熟好解馋。随着柴火不断的燃烧，肉味随蒸汽升腾起来，闻着真叫一个香啊！

母亲看着我俩的猴急样，拭着额前的汗珠，语重心长地对我们说："好孩子，你们要好好读书，多读书考学才能有出路，才能做个有用的人。俗话说'少壮不努力，老大徒伤悲'，年轻时候不努力付出不好好学习，老了只有悲伤叹息，世上没有后悔药。咱们农民的日子不好过，面朝黄土背朝天，辛辛苦苦一整年，到头来还是吃不饱，庄稼好坏全靠老天爷……"我和哥哥虽是听着，只管点头应声，但肚子咕咕作响，心思全在锅里。美味终于出锅了，母亲却没舍得吃，看着我和哥哥吃得很香，母亲的脸上露出了满足而欣慰的笑。也就在这一晚，我立志要听母亲的话，努力学习，跳出农门，做个有用的人。

2000年左右，我终于脱离了"苦海"，离开家乡上了大学。见不到母亲，就偶尔写信寄回家。母亲还是识得一些字的，不忙了就取出信念一念，好像给小孩儿说话一般，然后再整整齐齐叠好压在褥子下面。

随后的十多年岁月，母亲得过几次大病，手脚不太利索，走路需要拄着拐棍，走不长时间就要坐下休息，坐的时间长了再站起来又会有点儿困难。为此，我和妻子专门把母亲接来家里住，一段时间后母亲却说楼房太高，没有院子，待在屋里心闷，拄着拐棍走动打扰了楼下邻居。怕母亲发闷，我和妻子一下班就扶着她在楼下散步，顺便带个软皮凳子方便母亲坐着休息。时间不长，母亲又怕给我们添麻烦，怕影响我们的工作，执意要求回老家独自生活，说住了一辈子还是老家住得习惯，有院子、菜地、花木和水井，看着心情舒畅，更接地气。

一再坚持下，母亲最终还是回到了老家。我对母亲说找个有责任心的保姆做个饭、洗个衣，母亲怕花钱，坚决不让。有天晚上，母亲忘记吃药，夜里突发重病，经及时抢救，一周后慢慢苏醒过来，却从此瘫痪在床。我后悔至极，赶快给母亲找来保姆日夜照顾；只要单位放假，我和妻子也会赶回老家看望母亲，给她做饭菜、擦身子、洗梳头、泡洗脚、剪指甲。母亲呆滞地看着我们，抿嘴流泪而无法说话，但是我心里明白母亲想要说的话。

时至今日，母亲的话对我影响巨大，并时时激励着我。一个普通的农村妇女，没有受到过很好的文化教育，却用自己的言传身教不断影响并教会我如何做人，教我诚实守信，教我懂得感恩，教我心怀善良……就像一个"人"字，虽然只有一撇一捺，却也要写得顶天立地。母亲的音容时常萦绕在我的脑海中，伴我走过年年岁岁。

# 新写的旧歌

机电公司　孙少平

"比起母亲的总是忧心忡忡，是啊，他更像个若无其事的旁观者，刻意拘谨的旁观者。遗憾，我从未将他写进我的歌……然后我一下子也活到容易落泪的岁了，当徒劳人世纠葛，兑现成风霜皱褶，爸！我想你了。"（歌词）

这是李宗盛 2018 年发表的一首歌《新写的旧歌》中的部分歌词。由于晚上下班后要去医院陪岳父，医生建议给老人放些音乐听，说有助于恢复治疗，于是无意中搜到了这首歌，我听过之后便深陷其中，无法自拔。这首歌的名字和内容都很特别，是李宗盛写给已逝父亲的歌，也是一个人子在述说埋藏心底多年的心事。

我相信每一个听懂这首歌的人，都会被它打动。因为中国式的父子关系，总是难以言喻。听着这首歌，可以让我们把所有关于父亲的回忆都翻出来重新体味，思念、反省、领悟、唏嘘感动之后，这时的你也许会迫不及待地拨通父亲的电话送上问候，也许会立刻开始思索送给老父的礼物，但不希望如我，只能悄悄流泪，黯然神伤，默默念叨来不及说给他听的千言万语。

"两个男人，极有可能终其一生只是长得像而已。有幸运的，成为知己。有不幸的，只能是甲乙。若是你同意，天下父亲多数都平凡得可以……两个看来容易却难以入戏的角色，能有多少共鸣?"（歌词）

我的父亲只是原陕西煤炭建设公司的一名普通工人，却兴趣广泛。早在黑白照片时代，他便有了自己的相机与全套的胶卷冲洗设备。他还喜欢集邮，家中厚厚的几本邮票册就是他留给我的纪念。他也热爱旅游，从我上小学起，他就利用出差的机会带着我在暑假期间走遍苏州、杭州、南京、北京……但他最大的爱好还是白酒，可这个爱好也给他的疾病埋下了伏笔，后悔还未来得及与他小酌几杯好好聊聊此事，他便驾鹤西去，之后我便将白酒戒了，悔在心间，琼浆味苦。

从小母亲便总说我的性格完全遗传了父亲，脾气倔，心事总是藏在心底，却又显在脸上，不喜与人交流诉说。十八岁当兵之前我与父亲，一个年少叛逆，一个沉默寡言，总是上演着"相爱相杀"的桥段。中国传统的"棍棒式教育"在我身上演绎得淋漓尽致。父亲望子成龙心切，却又不肯在言语上表达半分。叛逆倔强的我只能徘徊在回归、逃离的路上，不断在好学生与坏小子之间转换身份。

这种关系直到我从军第一年，因为要从四川调往山西，父亲到四川去接我，陪我办手续的时候，才得以缓和。离家一年再见父亲，他脸上多了皱纹，添了丝丝白发。我突然发现他开始变老了。之后我又从山西调到天津并转了士官，从军第四年父亲去唐山出差，专程绕道来看我。当我陪着他在天津转了两天，送他到火车站离开时，他只交代我一句"过年回家"之后，便独自转身走进车站。而我望着他的背影，久久驻足，他的背影不再挺拔了，步履有些蹒跚了……我低下头，潸然泪下。

复员回到家乡，那时的我不想重走父辈的老路，一心想要证明自己，可我的追求，他无力参与。只记得那些年的我总是很急，整天都不知道在瞎忙些什么，也许正是因为如此，我没能听见他微弱的嘉许，他应该对我也有过骄傲，只是等不到机会当面跟我提。

直到如今我也为人父了，才在自己儿子的身上，体味到了血脉相连的深情，体味到了一个父亲面对儿子的心境。

"一首新写的旧歌，怎么把人心搅得，让沧桑的男人，拿

酒当水喝。往事像一场自己演的电影，说的是平凡父子的感情……我当这首歌是给他的献礼，但愿他正在某处微笑看自己。"（歌词）

活到中年了，当庸碌无为的日子悄然而至，才想到要反省父子关系，这其实也是在回答自己敷衍了半生的命题。父亲也是当过兵的人，那时他是骑兵，而我当的是汽车兵。他在机修厂干了一辈子钳工，而我如今也在黄陵矿业从事着类似的工作。也许这一切冥冥中都早有安排，父亲走过的路，我注定也要体验一下。

父亲离开已经一年了，我已经记不清看过的风景，却总记得他那威严的神情。想想当初的自己，曾经是多么的傻！先是担心自己没出息，费尽心机想有惊喜，等到好像终于活明白了，却已经来不及。

漫漫人生路，一路风景常换常新，一路陪伴的人也有去有来，一路上醉人的话语、诱人的物质、美丽的风景往往让我们忽视了那些从我们出生就陪伴着我们人生路途的人，那些给予我们生命和全部爱的人。求学、求职、工作、成家……我们总是很忙，忙到有了自己的子女，有了需要我们终身陪伴、付出爱的人，才唏嘘往事，后知后觉！朋友们，放慢一些脚步吧，多给他们一些陪伴。他们在，人生尚有来处；他们去，人生只剩归途。

　　这篇文章其实早该写了，写一个儿子对父亲的思念，写一个"逆子"对父亲的忏悔。清明到了，我又该去看您了。爸，请您从此安心，留在这篇文中。

# 外爷的家训

双龙煤业　张晓红

外爷老了，真的老了，算算 1926 年出生的他，如今已到了鲐背之年，在乡村中已属高寿。

和往年一样，过年早早地去给外爷拜年，可是当我见到外爷的时候，他居然认不出我了。舅舅说外爷今年已经休克好几次了，随时都有可能离开我们，我真的无法相信眼前这个"傻傻的"老人就是曾经让儿孙们佩服得五体投地的"老秀才"。

从小，在我们的心中，外爷是伟岸的。他个子高高的、瘦瘦的，胡须花白，额头光亮，双眼有神，说起话来喜欢引经据典，条理清晰、抑扬顿挫，总是给人一种博学而令人信服的感觉。

外爷生于乱世，在他未成年时太爷就撒手人寰了，身为长子的他不得不辞去在省城"银号子"里的工作，寄身田亩，当起家里的掌柜的。他虽然身在农村，却倾心向学。外爷喜欢读书，更喜欢给孙辈们讲书，小时候每个暑假我们表兄妹都会被送到外爷家去学习，《弟子规》是我们必须要背诵和理解的，当然还会给我们讲《三字经》《千字文》《论语》《百家姓》，"四大名著"以及《毛泽东选集》。他虽不是名人，但在我们心里却是个雅士。

"诗书继世长，长长远远"，这是外爷告诫子孙的箴言。外爷好读书，以书为伴，以书为餐，常将书中所学、所感、所想记于墙壁之上，作为家训。"以铜为镜，可以端衣冠；以字为戒，可以正身形。"外爷告诫我们，人要时刻铭记家训，正身律己。外爷常说，人这一生，唯有学到的知识是可以让自己终身受益的，它可以让你获得财富，变得高尚，让人心生智慧，让生活充满阳光……因为他尊重知识，才让我的三个姑奶成了上官乡最早上学的女孩子。因为接受过教育，我的三个姑奶都嫁了不错的丈夫，一生过得很幸福，现在虽都是耄耋之年却气质不凡。也因为外爷对知识的崇拜，他呕心沥血，任劳任怨地供他的弟弟上学，让二外爷在 20 世纪 80 年代初就当上了佛坪的县委书记。

外爷有七个孩子，都出生在 20 世纪四五十年代。家里孩子比较多，而且那时候人的温饱都解决不了，但在那个"饥饿难忍，石头难啃"的非常时期，外爷摒弃重男轻女的思想，毅然坚持让家里的五个闺女接受教育。虽然姨妈她们都没有赶上高考，但外爷还是坚持让五个闺女上完了高中，并根据她们的性格让五个闺女都学了一技之长。妈妈说外爷总是告诉她们"身小多学国家用，大个儿空长做什么"，"吃不穷，穿不穷，不读书来一世穷"。

作为20世纪80年代的本科高才生，小舅毕业以后被分配到镇上上班，他对自己一个名牌大学毕业的本科生被分配到偏远的地方有点儿不甘心。外爷知道后用毛笔在墙上的家训里添了一句"以国为重，以使命为先"，小舅便服从了组织的安排。如今小舅已经是行业里的佼佼者了，每每有人夸赞他的时候，他总会说感谢他的老父亲，是老父亲让他知道千里之行始于足下，基层丰富的工作经历为他今天的成绩夯实了基础。

现在我们表兄妹十五个都成家立业了，外爷也老了，但他对孙儿们的关怀始终没有减。记得2011年煤炭市场不太景气，自己觉得工资太低准备跳槽，外爷知道后告诉我："堂堂正正做人，踏踏实实做事，不可见异思迁，功到自然成。"他的话让我心中明晰，努力工作，渐渐地爱上了自己的岗位。

记得2012年，表哥荣升为他们部门的主任。年轻人嘛，难免会有浮躁，外爷知道后严肃地告诉他："是非面前不含糊，原则问题有底线，工作中要坚定信念，一步一个脚印，踏实向前。"表哥虚心接受，努力工作，如今也已取得好成绩。外爷不光在工作中引导我们正确前行，在生活中也常常教导我们要尊老爱幼，和睦邻里，他以言行为子孙做了好榜样。

"父母呼，应勿缓。父母命，行勿懒。父母教，须敬听。父母责，须顺承……"如今，外爷的身形早已佝偻，挺腰教导我们的情景可能只会存在于记忆中了，然而，正如《弟子规》一样，他的家训也正通过父传子、子传孙，代代相传，成为我们为人处世的正确法则，他的精神依然感染着我们。

外爷老了，但是他的家训却永远充满着生命力。

# 姥姥去了遥远的地方

一号煤矿　张英

　　一直认为，三十多岁的年龄还能有个爷爷奶奶辈的亲人惦念着，是件温暖幸福的事。直到去年农历八月初，再平常不过的一个早晨，妈妈电话那头的一句"你外婆不在了"让我不知所措，一切是那么猝不及防，一切仿佛又是意料之中。八十八岁高龄的姥姥生活已经不能自理了，床前床后离不了人，说话表达也有些吃力了，只能庆幸在这之前自己还专程去看望过她一次。那次走的时候，她清晰地叫出了我的名字，那样的声调，那样的眼神，至今回想起来，都觉得应该多牵会儿她的手，应该握得更紧些。

　　我不愿意哭泣，但我在离你最近的地方为你祈祷。我知道姥姥去了遥远的地方，姨妈说姥姥走得很安详，这样的方式对她是种解脱，她那么要强的一个人，生活不能自理，心理上的难受比身体上的疼痛还折磨人。可当我感知着姥姥安静的世界，看着她瘦小的身体躺在冰冷的棺材里，我还是肆无忌惮地哭了。那一刻，钻心刺骨的疼，贫乏的语言根本无法描述。姥姥走了，我们所有人就在那一瞬间，老了。妈妈辈的人作为孩子的世界坍塌了，我们更是没了那种隔辈亲的呵护了。

小的时候，家里孩子多，姥姥会隔三岔五地来家里帮妈妈料理家务。那个时候她已六十多岁了，但每次来二话不说，就进了厨房，提起个大锅蹲在院子里的大树下，铆足了劲铲着锅底的煤灰，直到锅底锃亮锃亮的才肯罢休；再就是灶上的锅碗瓢盆她都给仔细地来个大扫除，院子也被收拾得井井有条，洒上水的砖铺地夹杂着尘土的气息，让人感觉有种一尘不染的清新。那个时候放学回家，只要是这样的情形，我就知道姥姥来了，可她干净朴素的衣着与整齐的发髻让我很难想象她扑下身子干了那么多活，姥姥的爱干净、利索麻溜是出了名的。

每次来家里，姥姥都会给我们买好吃的，一箱一箱各种口味的方便面足以令我们兴奋好久。走的时候，还会偷偷给我们零花钱。妈妈每次要给她钱的时候，她总是推辞，觉得我父母担子重，那种坚决不要的坚定至今令我记忆犹新。

姥爷 1997 年就去世了，之后姥姥近二十年的时间没有丈夫相伴。年龄渐渐大了，腿脚也没那么利索了，也就安然地享受着自己的晚年时光。姥姥身体一直没什么大毛病，只是最后的六七年耳朵不好使了，讲话基本靠喊，听话也得别人在耳边大声讲。刚开始姥姥是着急的，你能感受到她遭遇交流不畅，旁人最后只能敷衍了事的情形时，她拽着耳朵，那种"怎么就不听使唤、要这玩意儿干啥用"的愤恨满脸都是。但后来她平和了很多，她总说："听不见好啊，咱哪儿做得不对，别人嫌弃的话，咱听不见，也省得听见。"

姥姥的晚年应该是幸福的，每年大半时间都是在三个姑娘家过的。吃了喝了也乐和地暖着炕头，但是谁家有农忙她就挑那个时间段住在谁家，总想着要出一份力。渐渐地，姑娘家的孩子都大了，也都有了孩子，姑娘也要帮儿女带孙子了，姥姥便常住自己家了。偶尔也会叹息自己的多余，但看着膝下成群苗壮成长的孙辈们，世事轮回，内心依然很满足。

我的姥姥，去了遥远的地方，我用自己最深情的方式，为她送上温暖，然后告诉她：死可能是一道门，逝去并不是终结，而是超越，走下一程。

# 为爱行走在路上

二号煤矿　韩兰兰

又是一年开学季，两天前，我就开始为孩子们包书本皮、整理书包、换洗衣物、缝制被褥，虽劳累却也乐在其中。

晚饭后的夜里拿着针线，为女儿缝书包和衣领上的个人信息，抬头的那一瞬间，透过温润的灯光，见年迈的婆婆默默地注视着我。那一刻，心中升腾起万千感受，不由得对着婆婆感慨道："妈，时间过得真快呀，想起自己上学那会儿，娘家妈也像这样为我秉烛忙碌，这情景好似昨日。而现如今，我的孩子都到了上学的年纪了……"不经意间的娓娓道来，竟让我有点儿小伤感。感叹时光易逝，感慨岁月无痕，也感慨父母不经意间的衰老！

自孩子去西安读书起，我常常愧疚无法在孩子的成长求学路上陪伴左右。相隔"百里"的这无数个日日夜夜，如何才能让孩子继续感受到父母的爱与陪伴，如何让父母感受到子女的孝顺，是我一直在权衡和思考的问题。而现在，我能想到的唯一办法却依旧是继续开启两城奔波模式，继续为爱行走在路上！

八〇后的我们，迈过而立之年的门槛后，迎来了二胎抚养、子女求学、照顾老人、发展事业等一系列问题，这些问题彼此牵绕，无主次之分，更没有轻重缓急的节奏可任由你挑选、控制。在这一轮的责任与压力中，如何平衡事业与家庭的问题，如何解决孩子上学的问题，如何妥善安排两个孩子日常照料的问题，如何真正做到体谅、孝顺父母的问题……都成为我们作为个体必须面对和解决的紧急事务。即使是春节期间，这些也都成了亲戚朋友聚餐聊天时的热议话题。在一阵又一阵的感叹、矛盾、内疚、自责、寻找中，这个话题总在淡淡的叹息声中默默结束。话题虽结束，然而这其中的万千无奈更与何人道？

人们常说："陪伴是最长情的告白。"这也许不仅仅表达的是父母在子女成长道路上给予的陪伴，更是父母年迈时，作为子女对于父母乌鸦反哺的真情。生活中太多的身不由己，太多的无可奈何，很多时候也只能在漫漫长夜中独自咀嚼、消化。现实有的时候就是这么残酷，人生路总有一段需要独自前行，需要独自悟道，方可真正抵达！在鱼和熊掌无法兼得的时候，我毅然选择负重前行。

现如今，面对孩子长大、父母渐渐年迈，时下流行的秒杀式的购物习惯、说走就走的旅行、任性的疯狂等，似乎都距离我越来越远。努力工作，抽空回家陪孩子、老人，是我近一两年乃至一二十年间生活的重心。面对如此发达的通信设施，也许只有"回家"才真正饱含爱的分量，一句"回来了"，更是道出了无数出门在外忙碌的我们盼望回家的浓烈感情。

所以，相隔百里也好、千里也罢，哪怕是隔着昏暗无光的背影，心中满满的爱，也会让行走在漫漫人生路上的人觉得不再那么孤独！

眼看周末又到了，我再次做好了为爱起航的准备。期待进门时孩子们的拥抱；期待她们争先恐后地向我诉说着这一星期所发生的各种趣事；期待公婆早已准备就绪的可口饭菜；期待刚刚懂事的小家伙，搂着我的脖子，撒娇说想我、爱我……那一刻，心似乎都被融化掉，"百里"路程间奔波的辛苦早已抛诸脑后！

此刻，想起龙应台散文中的那段话："所谓父女母子一场，只不过意味着，你和他的缘分就是今生今世不断地在目送他的背影渐行渐远。你站立在小路的这一端，看着他逐渐消失在小路转弯的地方，而且，他用背影默默告诉你：不必追。"

我慢慢地、慢慢地意识到，我的落寞，仿佛和另一个背影有关。我知道，终有一天，我也会一次又一次地目送着她们远去的背影，亦如多年前，母亲站在家门口的那棵老槐树下，目送着我远去的背影一般！

人生本就是一场远行，而我，选择为爱行走在路上！

# 重阳日的怀念

一号煤矿　徐泳铎

　　九九重阳，历经两千多年的演变，因隐喻着"久久""长寿"等丰富内涵而被定为"老人节"。我印象最深刻的老人，便是已去世七年的爷爷了。

　　爷爷身材高大，只是背没有那么直。他性格倔强，脾气火暴，却因为我是男孩而对我偏爱有加。他酷爱秦腔，成日里带着戏匣子，却从没听他唱过一句。他还有一身好手艺——会编竹活。会编箩筐，家里大大小小的箩筐背篓都是他一手编的；会编草鞋，村里很多老人、孩子的脚上都穿着他编的草鞋；会糊灯笼，每到过年我们都打着爷爷糊的灯笼屋前屋后跑。

　　我父亲三岁时，奶奶便患病辞世。在那艰苦的岁月里，爷爷一个人把我三个姑姑和我父亲拉扯大。

　　爷爷上过两年学，但多年与镰刀锄头为伴，所识的几个字早已化为田里的苗儿，他甚至忘记了自己的名字怎么写。不过，这些丝毫不影响爷爷将老一辈做人做事的大道理讲得绘声绘色，深入人心。

爷爷是个粗人，又要照看孩子又要种地，只会勉强做些粗茶淡饭。他切土豆从来都是一刀两半，包出的饺子一碗连十个也盛不下，蒸出来的核桃芝麻糖包又甜又咸。但他干惯了农活的粗壮的双手，擀出来的面条却又长又筋道，配上一碗酸爽的酸菜汤，吃得我们兄妹几个鼻涕横流，真是人间美味！

和所有农村老人一样，爷爷抽旱烟，田垄地畔间总能看到那个或蹲或站的孤独背影和缓缓上升的缕缕青烟。

爷爷喝自己酿的苞谷酒，每天早上起床后第一件事就是舀一两酒，细细品味。

爷爷爱睡炕，每到冬天傍晚，早早便把炕烧热，还不忘把我们潮湿的布鞋放进炕洞里烘干。

爷爷懂偏方，我身上的风疹便因一碗芫荽汤而痊愈，只是，从那时起我再也不吃芫荽了。

有爷爷陪伴的童年，可能是最幸福的时光了。那年，我到了县城父母身边，与爷爷在一起的日子便渐渐成了回忆。

学习任务的日渐繁重让我几乎忘却了乡下的老屋，直到考上大学临走前探望爷爷，我才发现爷爷竟然老了，他的背驼得更加厉害了，白发也更多了。

爷爷一辈子身强力壮，没得过什么大病，却在年近古稀时患了癌症。被送到医院检查时，爷爷的食道已经细得只有一根筷子粗了。手术后，爷爷日渐消瘦下去。在县城疗养的那段日子，爷爷终日面对着阳台发呆。他什么苦都吃过，什么罪都遭过，却在城里一天也待不惯。没有了大山，爷爷像是失去了依靠。

他难以忍受县城的喧闹，越来越烦躁，我能看出他很努力地在压制着自己，但他还是趁机偷跑回了村子。爷爷闲不住，强撑着身体，仍要扛起锄头下地干活。尽管家里大部分土地已退耕还林，粮食也很充足，但他就这样一点儿一点儿消耗着自己的生命，似乎这样可以帮他摆脱终日纠缠着他的病痛。

最终，爷爷倒在了家里的土炕上，我却因为路途遥远没有见上他最后一面，这也是我心里一辈子的遗憾。

爷爷粗糙地活了一辈子，艰难而隐忍地拉扯子女长大。他在时，粮食满仓，果蔬满园。他走后，满院杂草，满眼寂寥。

# 往后余生，我只要你

一号煤矿　倪小红

日前，央视《新闻联播》播出的《相约在零点37分》短视频火了，短短几天点击量就高达两亿多条，上了热搜榜第一。微博上有网友评论，这一分五十二秒的相聚让人泪目，太扎心了，万万没想到，看《新闻联播》也能哭得稀里哗啦。

相恋了四年的铁路小情侣用他们一分五十二秒的相见为我们讲述了铁路职工的甜蜜爱情。郝康在凌晨寒冷的站台上焦急地跑过一节又一节车厢，争分夺秒地寻找爱人雷杰；一对小情侣只说了几句话，给彼此一个简单的拥抱，发车时间就到了。一句"我不下了"，是对爱人的依依不舍；"这是我买的护手霜，你抹上啊"，那是对爱人的牵挂；"你走了我再走"，那是对爱人的留恋。没有偶像剧中的山盟海誓，没有高大帅气的韩国"欧巴"，也没有总是被运气砸中的"傻白甜"，有的只是如同白开水似的的爱情，看似很淡，却甜到心间，让人在寒冬里觉得甜蜜与温暖。

幸福如此近，却又如此远，仿佛触手可及，却明明相隔天涯。这样的爱情故事让人为之泪目，折射出了铁路人爱情的无奈。我们煤炭工人的爱情又何尝不是这样！在许多人的眼里，煤矿工人有着不菲的待遇，上能买房，下能换车，不用整日为柴米油盐而愁，能过着别人羡慕的小日子。但真正的辛酸，只有我们矿工自己知道。为了能给家人更好的生活，每天披星戴月、顶着危险奔波在开采光明的路上，在暗无天日的地球深处挥洒汗水：饿了，啃一啃干硬的馒头；渴了，喝一口水；累了，坐下歇一歇，咬咬牙，再闯……日复一日，年复一年，无论三伏酷暑还是数九严寒，无论风雨交加还是漫天飞雪，煤矿工人始终与矿井为伴战斗在生产第一线，但从未抱怨。

煤矿工人的爱情质朴单纯，煤矿工人的另一半有农民，有老师，有护士……同样也有我们可敬的工作在生产第一线的煤矿女职工。但是不管以何种形式构成的小家，大多数都要承受相同的爱情困难——两地分居，异地生活成为煤矿职工的爱情主打，缠绵而深刻。

春节期间我下井采访坚守工作岗位的矿工兄弟陈建，这位被九十公斤单体液压支柱压弯腰的硬汉从没有叫过累，终日被施工锚杆孔的煤水湿透全身没有叫过苦，在苦难和困难面前眉头都不皱一下，但当聊起家人的时候，这位压不弯、打不垮、吓不退的铮铮铁骨硬汉却泪崩了。由于家离得远，他已经连续好几年没陪家人吃过团圆饭了。刚满六岁半的儿子，也一直是由妻子一个人拉扯着，他几乎缺席了孩子成长的所有重要节点，而把大多数时间都用在了工作上。

问起什么是幸福，这位黑脸白牙的大哥沉思片刻回答："幸福是能跟家人相聚，能常去看看父母，能每天陪着孩子，能有更多机会对彼此说上一声'我爱你'。"

你好就好，我好就好，我们好好的便最好。两个人在一起，要的不是什么金钱或是多么贵重的礼物，而是一份随叫随到的陪伴，一份嘘寒问暖的关心，一份自始至终的守护。但这最简单却最幸福的愿望，并不是所有的煤炭人都能够实现的。

矿工不易，矿嫂们也轻松不到哪里去。为了让家人安心地工作，矿嫂们用自己柔弱的双肩勇敢地挑起了家庭重担，只身一人带孩子上学，买菜做家务，照顾久病卧床的老人，还要想方设法修理坏掉的家用电器或家具，甚至还要像个男人一样去应酬诸多邻里之间的琐事。她们忙碌，却很少喊苦喊累，她们总习惯把丈夫下班的时间当成生命中的焦点，只有听到丈夫熟悉的脚步或是看到丈夫的身影或是接到一个平安的电话，才会把悬着的心放回肚里。

冰心赠葛洛的一段话：爱在左，情在右，在生命的两旁，随时撒种，随时开花，将这一径长途点缀得花香弥漫，使得穿花拂叶的行人，踏着荆棘，不觉痛苦，有泪可挥，不觉悲凉！

爱情似漫漫征途，可能花香弥漫，也可能满布荆棘，无论是什么都需要双方内心深处对这份感情的默默呵护。很多时候，为了爱情，他们以不同形式付出着，却也快乐着。

年前，同事小陈结婚了，新郎是外地的。婚礼仪式上，男孩认真地说："她是当地人，是家里的独生女，为了她，我放弃了在大城市的工作，和她一起来到了店头这座煤城。我放弃了我挚爱的专业，当了普通的煤炭工人，可是我不后悔，我只要她在我身边。"

爱我所爱，行我所行，听从我心，无问西东。

我们煤炭工人的爱情也是不惧距离，不论将来的生活会是怎样，心底深处始终都保留对方的温度，因为，往后余生，我只要你！

# 父 亲

瑞能煤业　田小芳

流水经年，有些事、有些人就像流星划过夜空，转瞬即逝；而有些事、有些人却深植于心底，随着年岁的增长，却愈发清晰，在每个有月光的夜晚，让你独自思念；在你孤独无助的时候，总让你倍感温暖，给你力量。父亲，大概就是这样的人了。年少不懂他，等真正懂得了，父亲却与我永不相见了。

父亲，光头、身材修长、体型清瘦，且伴有心脏病。当过村上的会计，写得一手好字，算盘打得行云流水；当过合作社的售货员，做事干练、算账极快。爱热闹，喜好开玩笑，村上男女老少常在农闲时聚在一起，听他讲故事、说笑话。都说闺女是父亲的小棉袄，而我像是父亲前世的冤家。我生性孤僻，多愁善感，我从心里恨他，很少叫他爸爸，也很少与他说话。

在那个主要靠劳力吃饭的年代，他那单薄的身体，多少有点儿力不从心。母亲虽个子不高，但干起活来，总有使不完的力气。母亲忙完地里的农活，还要给一大家子人做饭、洗衣，晚上还要纺棉花、织布，给我们做鞋、做衣裳。父亲干完一天的农活，要不就倒头入睡，要不就抽烟。爱说爱笑的父亲，在家里是沉闷的，像是夏天里雷雨前的空气。父亲很少与母亲交流，他们唯一交流的方式就是争吵。或许是性格的差异，抑或是思想的不同，总之，他们日日夜夜的吵闹声，在我年幼的心里，埋下忧愁的种子。从此，我便恨起父亲来。

记得我四岁那年冬天的夜晚，睡梦中，我被皮鞭声夹杂着打骂声，和着凛冽的狂风声惊醒了。父亲用皮鞭抽打哥哥，那样子我害怕极了，便哇地大哭起来，可是父亲一声怒吼，我只能咬着被子，任泪水无声地滑落。母亲叫来了二伯及堂哥，可谁也劝不住。父亲的皮鞭打在哥哥的身上，打在我潮湿的心上，或许也打在父亲疼痛的心脏上。后来，听母亲说，哥哥白天放学和同学一起回家，被几个大点儿的同学拦住参与了赌博，结果他同学把手上的表输给人家了。输掉手表的同学的母亲找到家里来了，所以父亲才如此生气，如此恨铁不成钢。此后，哥哥不再沾染赌博，一路考上大学。

对于世代农家出身的孩子来说，要改变命运，走出农村，考学是唯一的出路。读了几年书的父亲，大概早早就意识到了这点。村上人看着父母亲辛苦，都劝他们不要让孩子上学了，趁早回家务农。可父亲坚决不让，他希望我们都能考上大学，用知识改变命运，走出农村，奔向更广阔的天地。

《人生》里，高加林本想通过考大学改变自己的命运，但高考落榜了，好在他去学校当了老师，生活对于他来说还有希望，他还能通过自学、通过努力，跳出农门。可现实把他的梦击碎了，他的书教不成了。此刻的他，该是多么的绝望、无奈、苍凉！而那时的父亲，多像此刻的高加林，他的心脏病每年都要复发几次，好端端的人，犯病时，整个身体倒在地上，不省人事。或许是缘于他的身体，他的村会计最后被人顶替了；他当售货员时，又被人顶替了。那时的我和母亲，可曾了解他内心的苦闷，可曾给过他哪怕一点点的安慰？我只有对他心生怨恨。

父亲去世前一段时日，我是在家里的。他难受得急促喘息，上气不接下气，可我始终没能体会到他的疼痛。我以为他会和往常一样，会好起来的，就没当回事，也没送他去医院治。谁能想到，他在五十六岁那年，便匆匆告别了这个家。父亲走时，眼睛是睁开的，父亲的嘴也是微微张开的，三妈说那是父亲走得不舍，走得不放心。毕竟那时我和姐还没成家，我下面还有年少的弟弟。父亲该有多么眷恋、不舍和牵挂！

在经历了一些事后，在我的孩子长大成人后，在我四十多岁后，才慢慢地了解了父亲，才慢慢地懂得了父亲，才慢慢地体会到父亲当年的疼痛。如果父亲泉下有知，可否原谅女儿当年的任性和愚昧？

# 三代矿工情

二号煤矿　余德水

　　七十年前，爷爷刚刚成年，稚嫩的肩膀刚刚放下枪，不再打土匪的他又扛起了铁锨。在政府的号召下，爷爷挥手告别了家人，再次走出了四川老家，支援国家建设，当了一名新中国的矿工。他从云南到山西、陕西一路漂泊，最后在异乡娶妻生子，再没有见过他自己的父亲。然后我的父亲出生了。

　　父亲的童年伴随着土改、"文革"等运动。爷爷那时候的工资仅有几毛钱加一些饭票。奶奶说起父亲总有无奈的愧疚，父亲小的时候没有一件新衣服，都是爷爷的衣服改小的，奶奶一手的好针线活儿也缝补不好父亲衣服上的破口烂洞。父亲只能穿着不合身的背心和裤子满山跑着挖野菜、砍猪草。家里比较完整的衣服反而是爷爷浆洗无数遍的矿工工作服。父亲一天天长大，随后我的叔叔姑姑们也相继出生，父亲每日又要多照顾几个跟屁虫。我想他那时候就已经知道自己作为长子的责任了吧。不久改革了，父亲和他的弟弟妹妹们进了学校。

　　我喜欢绘画，是因为受到父亲的影响。小时候最喜欢的事情就是倚在父亲肩膀上，看父亲在纸上画画，感觉他就像在创造一个世界，而父亲这个时候也是神采奕奕的。父亲说过原本他是要报考美术学院的，然而我知道他是一个矿工。

高考的那一年，父亲考上了大专。可是爷爷拦住他，指着叔叔和姑姑说："你如果去了，你的弟弟妹妹们就只能退学了。"我不知道父亲当时有没有不甘地和爷爷争吵，但他最终还是妥协了，和爷爷一起当了矿工——那年父亲也刚刚成年。过了两年，小叔也参加高考，考上了大学，可是支付不起学费，父亲说："不用担心，学费包在我身上。"每月几十元的工资，一半给了家里，一半给了小叔。而那张曾经的录取单父亲现在还保留着。

我是父亲唯一的孩子，从小生活在煤矿。小时候，我总是仰望着父亲，心中把各种"最"的赞美加在他身上。因为院子里都是矿工的孩子，大家相处都和谐快乐。然而直到我异地上学，跳出了圈子，却发现曾经的偶像崩塌了，父亲并不高大，常年的劳累使他佝偻起来，一如他采的煤那样乌黑而不起眼。青春的叛逆时期来到，我居然也硬起脾气，开始顶撞父亲，心里想着溺爱自己又能镇得住父亲的爷爷一定会为我"撑腰"的，却没想到爷爷对我罕见地大发雷霆："你知道什么？你过的日子是你父亲用命换的。你父亲是矿工，井下可是三块石头里就夹着一块肉……"爷爷这许多年，看多了坟丘和碑石，说话从不避讳什么，只是父亲当时脸色青白，注意到的我心像被针扎了一下。但那时候我还是没明白爷爷的话。直到本科毕业被招进了煤矿系统就业，才真正知道了我的祖辈、父辈他们所经历过的。如今我坐在明亮的调度大厅中，面对着设备仪器。我这个八〇后走过的路笔直笔直，没有经历任何坎坷和磨难，方才明白感恩，知道这是两个时代的馈赠。

# 黄土情深

发电公司　马　罡

　　远远地看见你不敢吼，我扬了一把黄土风刮走，山挡不住云彩树挡不住风，连神仙也挡不住人想人……

　　偶然间从电视节目《歌从黄河来》看到那个朴实无华的北方汉子贺国丰，出口的那一嗓子瞬间将我的心紧紧揪住，或许不仅仅是那天籁，更是那熟悉而浓郁的陕北腔调瞬间将我击中，将我的心拉回到黄土高原，那我记忆中满眼黄沙的小时候。

　　童年的我生活在贫瘠的黄土高原，绵延逶迤的黄河水千百年来冲刷出的道道沟壑，把土地条条分割。起风时，扬起的漫天黄沙连人的身影都能埋没，人们躲在窑洞里，听着呼啸而过的风声，感受着正在紧张跳动的高原脉搏。那个年代，对于面朝黄土背朝天的人们来说，贫困是无法抗拒的。在我的记忆中，童年就生活在那个"烂包"的光景里。在人们的眼里，看到的除了书中所描绘的物质贫瘠的现状，还有雄浑壮阔的高原景象。

　　不过，也正是这片物质匮乏却广袤无垠的黄土地，带给了人们抒发情感、自由创作的激情与灵感，有多少文学、艺术的经典之作就孕育于此，给后人留下一笔笔宝贵的精神财富。小时候总会时不时地听到一两声信天游划破天空，打破生命的寂静。陕北人用那粗犷有力的歌声诉说着心中的憧憬，歌声越过漫天黄沙，直抵灵魂。

　　平凡而简单的生活就在这黄沙的来去中慢慢流逝，面前的黄土地依旧没有丝毫改变，而我已慢慢长大。面对着无尽的黄沙我会感到无助，感到自己的渺小，每每失落时又总会有那雄浑有力的歌声安慰着我、陪伴着我。慢慢地，在歌声中我变得坚忍，在父母的谆谆教诲中我变得勤奋，我坚定地告诉自己一定要走出眼前的这片黄土地，迈向自己美好的未来。每次埋首书中似乎都能嗅到大城市的繁华气息，就这样怀着对未来的憧憬，我远离了那片黄土地，走出了家乡，奔向未知的远方。

　　我是从黄土高原走出来的孩子，无论走到哪里，都与黄土地一脉相承，那里有我永久的根。往日里那片土地虽不曾给予我丰厚的物质，但却给予我最深厚的滋养。

　　现在城市里的孩子看见个小池塘或是走进植物园就兴奋得追逐嬉戏，可以想见一个人小时候最需要的是什么，不是游乐场也不是手机游戏，而是跟大自然最亲密的接触。因为人就是大自然中的一员，你只有彻底身处其中才会感受到生命的鲜活气息和美好。如果把一个人放在钢筋水泥工业感强的环境里，时间久了，他一定会觉得各种不舒服。由此可以理解为什么现代人的很多心理疾病跟身体疾病最终的解决办法是让他回归自然。

而从黄土地走出来的我们是不缺少这些的。在土院子里长大，随时可以在地上打滚耍赖，还有故乡的一山一川、一草一木，无一不在滋养着我们的身体，教会我们释放人的天性，接通我们与大自然的能量通道。我想这也是自己在成长过程中，无论何种处境，都觉得自己充满力量的原因吧！这就是黄土地给予我的生命底色和基调，还有心灵的滋养。身处大山中的祖辈父辈们，也有跟大山一样伟岸的身躯、坚毅的性格和细腻的内心，这也无一不在影响着自己的品性甚至"三观"的形成。我们祖祖辈辈生活的这片土地，我们是深爱的，因为唯有深爱才让人如此深沉，让我们有意无意地在模仿这种品质，继承这种品质，继而传承这种品质。

现在，虽然家乡对我来说已是那么的遥远，但是我知道，它就在那里，永远安住在那儿，安住于我流淌的血液里，安住于我的心里。

## 沉默的父爱

铁运公司　寇碧月


　　眼看着夏季一步步逼近，于是我提前将父母接来店头避暑。那天晚上，父亲说要染发，我本想让他去楼下的理发店染，可他却说："我就补个发根，干吗花那冤枉钱！"于是我自告奋勇在家里帮他染。我用梳子拨开他的头发，那满眼的白色竟让我无所适从，脑海里奔涌着父亲年轻时的样子，原来就在不经意间，时间将美好偷偷带走了。

　　记得离家求学时，从我家到学校的车每天只有一趟，而且是早上7点发车。所以，每当我要离开的那天早晨，父亲都会早早起来，帮我做好早饭，再赶到车站帮我买票、占座，静静等候我的姗姗来迟。直到我上车了，他却还舍不得走，总是站在站台上等候发车。很多次，当车已驶离车站，我向窗外回望，父亲仍站在寒风中，望着汽车离去的方向。

　　参加工作后，由于交通不便，我只有逢年过节才能回家待几天。虽说是去看望父母，可大部分的时间还是用在了出去玩儿上。白天去亲戚家串门，晚上呼朋引伴，深夜才归。不论多晚父亲总是在客厅等着，直到我平安进门才会说："没事晚上就早点儿回来，一天上班那么累，有点儿时间还不赶紧好好休息。"边说边向卧室走去，用不了多久，就会听到他均匀的呼吸声。我知道，他一定等了我很久，有很多话要对我说，想了解我的工作情况、生活状态、心情点滴。而我，却一次次忽略了他的感受。

记得我曾问过父亲："爸爸，你的理想是什么?"父亲沉思未久，回答道："你能不让我操心，过好自己的生活就是我的理想。"我愣了愣，不解地反问："那你自己的理想呢?"父亲腼腆地笑了笑，说道："能实现这个理想，我这辈子就满足了。"父亲的回答简单又直白，却让我无言以对。望着眼前这张黝黑、苍老却又如此熟悉的脸庞，我强忍着即将涌出的眼泪，可是却觉得有无数锋利的指甲在挠我的心。父亲虽不善言辞，但却早已将这份期盼与心底的愿望默存在他每一件力所能及的事情上，或者是清晨的一碗热粥，或者是深夜的一束灯光，抑或是注视我背影前行的目光。我知道这就是父亲的爱，虽不若母爱那般细致缠绵，却能在点滴中渗透进我的生命，让我有力量踏出自己的步伐，有勇气面对生命中每一次的黑暗与困惑。

时间苍老了父亲的容颜，却无损于他对子女的牵挂。如今我也成了一位母亲，更能体会为人父母的那份责任和不易。就像风筝一样，飞得再高再远，那根线始终都牵在一双手中。对于儿女来说，不管走多远，有亲人的地方，才是自己梦里千丝万缕的牵挂所在。因为这里，有父亲深沉却从不言说的爱。

# 当我遇见你

铁运公司　同娇

　　第一次和你见面，你大哭不止，我激动不已。在我们对视的一瞬间，我也多了一个神圣的身份：母亲！

　　"我的世界从此以后多了一个你，每天都是一出戏。"作为一名新手妈妈，虽然已经做好了心理准备，但还是被你彻底打乱生活节奏，弄得疲惫不堪。我发现想睡就睡的生活状态，再也不可能实现。你两小时需要就餐一次，我的睡眠从一觉睡到大天亮变成了没有夜醒喂奶的夜晚是不完整的夜晚。我发现想吃就吃再也没那么简单。为了你，各种饮食禁忌必须遵循，猪蹄汤、鲫鱼汤、公鸡汤、木瓜牛奶汤……为了让你吃个饱，为娘每顿都要喝得好。我发现再也不能想走就走那么潇洒了，心中多了一份牵挂，眼里多了一份幸福。

　　在接受了这一切必须的改变之后，我发现自己竟然搞不定你。你不定期的号哭完全没有规律可循，我们面对面的眼神交流根本不在一个频道，你哼哼唧唧的语言我无法懂。看到你第一次吐奶时我惊慌不已，发现你起了满脸湿疹时我手足无措……我垂头丧气，觉得自己走过了高考的独木桥，挤过了就业的千人大军，却败在了带娃的点点滴滴。面对你一波又一波的突然袭击，我一次又一次地蒙圈了。

自己选的路，自己生的娃，含着泪也要搞定！为了读懂你的眼神，理解你的"语言"，我买了崔玉涛育儿知识全套书籍来研究，从网上下载各种育儿小程序进行学习，向身边家有小宝的闺蜜们请教探讨；随身装备从梳子、唇彩、小型平板电脑变成了奶瓶、抱毯、尿不湿；手机关注点从电影娱乐变成了"奶爸奶妈带娃一百招"；每晚睡前例行祈祷：愿自己在这条责任重大、使命光荣的带娃大道上越走越熟练。

实践出真知。慢慢地，我学会了从你的哭声中了解你的需求：大哭就是饿了要吃奶，哼唧着小哭就是不想躺了求抱，蹬着两腿哭就是大小便了不舒服。我学会了熟练地给你换衣服和尿不湿，各种姿势换着抱；熟练地逗你笑，和你玩，哄你睡觉。在摸清了你的套路之后，我发现和你相处变得轻松了许多，你也"以彼之道，还施彼身"，渐渐地从一个淘气闹人的小恶魔变成了善解人意的小白兔。现在，我也可以自豪地对旁人说，我家儿子不哭不闹，听话乖巧特别好带。

回忆五个月来与你相处的点点滴滴，我想起了《大话西游》中的一句台词："我菩提老祖为了降妖除魔，连三角裤都脱了!"养儿方知父母恩,只有亲身经历,才能体会养育一个孩子,是有多么的难,才能明白父母为自己的成长付出了多少心血。

曾经看到一本书中写道:问一下自己,你要孩子是为了什么?传宗接代?养儿防老?都不是,仅仅是为了参与一个生命的成长,我只要这个生命存在,在这个美丽的世界走一遭,让我有机会和他同行一段。

是的,参与一个生命的成长。他向你绽开的第一个微笑,他与你对视的第一个眼神,他惊慌害怕的第一次啼哭,他咿咿呀呀的小腿乱蹬,无意间发现他的第一次抬头,抱着他的第一张合照,他第一次吃手的瞬间,他用尽全力的第一次翻身……

什么爱,不说,就已经存在;什么爱,望着,就全都明白。

我遇见你,是最美丽的意外。

# 父亲和他的大棚西瓜

机电公司　张辉

　　时至 5 月下旬，天气骤热，气温偶尔高达三十多度，中午和同事在超市买了一个西瓜，回家就风卷残云般地将西瓜吃得一干二净。那感觉真是清凉爽口！看着同事吃得乐呵呵的，我不由得想起了父亲和他种的大棚西瓜，往事如放映的电影一样浮现在眼前。

　　父亲和母亲是土生土长的渭北农民，一辈子和泥土相依为命，种植大棚西瓜已有将近二十年的时间，一家人的生活开支全靠卖西瓜的收入来维持。

　　我小的时候，父亲是个铁匠，他每逢赶集就会在街道摆摊卖自己手工做的铁壶、铁桶。我有时围在他跟前，看他拿着铁锤，咚咚咚地敲铁皮、扣铁帽，那清脆而有节奏的声音，犹如一曲曲对生活向往的旋律，使我永远不会忘记父亲当时对家庭所担负的责任与辛苦。

　　后来我和弟弟都上学了，家里经济愈发紧张，父亲觉得手工铁制品不赚钱，毅然放弃了自己的本行，跟别人学习种大棚西瓜。那会儿大棚西瓜种植技术刚刚兴起，利润丰厚，一年的收入对于普通家庭来说相当可观。就这样，父亲投身到了种植大棚西瓜的队伍中。

印象中，种植西瓜真的很辛苦。不仅天气因素影响较大，而且时间跨度长，一年到头有半年时间都是在地里和西瓜打交道。父亲每年从11月左右就开始着手准备工作，架温室、卷瓜桶、培育瓜苗、瓜苗嫁接，每一步都不能少。尤其是每次瓜苗嫁接时间几乎都是春节前后，父亲自从种植西瓜后，几乎没有过过好年，有时嫁接刚好赶到大年初一，亲戚朋友来家里团圆，拜完年就一起去瓜棚嫁接瓜苗，也算是别有特色的春节。进入4月份，早春天气多变，时不时有大风沙尘肆虐。架起的塑料大棚要经受狂风的洗礼，要是能够扛过去，当年的辛苦就不会付诸东流；要是大棚塑料薄膜遭损坏，瓜苗就会冻死，一切投资就打了水漂，当年也就没有任何收益。等到4月底，天气好转，地里的瓜苗就要经历拉蔓、扒芽、授粉、坐果等过程。父亲每天早上6点左右就起床，掰瓜芽，等到9点左右太阳出来，花粉铺满整个花蕊，就得开始授粉。几十米长、一米四左右高的瓜棚，父亲就蹲在里面，来来回回轮转好几趟，天天如此。每次干完活回到家里，父亲都腰酸背痛，整个人都被晒得黝黑发亮。经过一个多月的漫长等待，到5月底6月初，父亲的大棚西瓜到了成熟收获的季节。看到自己种的西瓜能够换来收益，父亲铺满皱纹的脸上洋溢着喜悦，这对于瓜农来说是个值得狂欢的时刻。父亲每次都把有卖相的西瓜全部出售，留给自己吃的都是被淘汰下来的，我明白父亲这样的举动，就是想多换点儿收益好维持家用。

就这样，父亲靠着大棚西瓜的微薄收入，不仅供我和弟弟读完了大学，而且种植西瓜似乎成了他自己的事业，直到现在西瓜地里还有他的身影。时过境迁，父亲即将步入花甲之年，瘦弱单薄的身躯已不再有当年魁梧硬朗的影子。看着父亲沧桑的面孔，总感觉他比同龄人要老十岁，黝黑的皮肤，满脸的皱纹，稀疏的头发，折射着岁月留下的痕迹。每次回老家，我们都要和父亲商量一下，希望他和母亲不要再种西瓜了，那不但辛苦，而且赚不了多少钱。可父亲很执着，总觉得不种西瓜自己不知道该干什么，习惯了忙碌的生活，要是整天闲在家里便浑身不舒服，还不想丢了这份事业。

时至今日，我已工作多年，也为人父，深知父母的辛酸和不易。和父母异地而处，自己不在父母身边，每次打电话他们都说家里好着呢，不用多操心，要我好好工作。简短几句话，自己深知父母的用意。对于儿女，他们只懂得付出，不求回报，只要我们过得好，他们就高兴。作为儿女的我们，能为他们做点儿什么呢?

　　每次只要有机会，自己就会回到父母的身边去看看，不为别的，只为渐渐老去的父母能够尝尝自己做的饭菜，能时常陪陪他们，让他们感受儿子的孝心，享受亲情的关爱与满足，让他们尽享天伦之乐，生活中多一点儿幸福!

　　又是一年西瓜成熟季，愿父亲的大棚西瓜能有好收成。

# 爸爸，女儿想你了

瑞能煤业　高艳

　　晚饭吃完看电视时，一个画面让我泪流满面：一个患病的老人躺在床上，奄奄一息，他的女儿在一边不停地叫喊着："爸爸，你怎么了?"我一句话也说不上来，眼泪顺着脸颊往下流。

　　每次看到关于爸爸生病或者爸爸关心儿女的情景，我就情不自禁地流泪，脑海中出现的全是爸爸生病和平时关心爱护我的情景。

　　提起爸爸，我不知道从何说起，过去我一直在爸爸的保护下幸福成长。而现在说到他，我心情沉重，因为他已经离开了我。但是我感觉他还在，在看着我，在关心爱护着我。爸爸刚不在的时候，只要有人提到他，我就非常难过，哽咽得话都说不出来。

　　爸爸生前对我的关心爱护像放电影一样，一幕幕在我的脑海里回放。我自上班就和爸爸住在一起，我做饭、洗衣服、打扫卫生。犯了错爸爸会批评我，有时候我会给爸爸撒个娇，发个小脾气，爸爸也不和我一般见识，现在想起来感觉很幸福。我已经习惯他在我身边的日子，但是这样的日子永远不会再有了。爸爸性格耿直，有点儿守旧。他老是把我当小孩，什么事情都为我做好，我从小就没有受过什么苦，操过什么心。现在我有孩子了，可以体会到爸爸的那份良苦用心。然而我还没有来得及尽我做女儿的孝道，他就走了。

我记得小时候，别人家孩子一般都是妈妈给买衣服，而我的衣服好多都是爸爸买的。我晚上在单位看电影的时候，爸爸会为我送衣服，手里拿件大衣到处找我怕我冷，有什么好东西爸爸会给我留着。我小时候喜欢体育，短跑是我的长项，家里墙上贴了好多比赛的奖状，但我的学习成绩不好。爸爸说："虽然学习不行，但跑得快啊。"现在想起爸爸说的这话，感到非常温暖，真想听他再说一次。爸爸对我的关心，实在是太多太多，说也说不完，虽然不是什么大事情，但件件都让我感到爸爸对我的爱。家里的每样东西都能让我想到爸爸，比如，看到沙发，就想到他躺在沙发上看报纸的样子。

爸爸，你知道吗？女儿经常想你想得泪流满面，一个人在被窝里哭，特别是我有事情特别纠结、受了委屈或是遇到问题一筹莫展时，多想你能在我身边开导我、帮助我。

有一次我在看电视，儿子、丈夫都在我身边，看到动情处我泪流不止，儿子问我："妈妈，你怎么了？"丈夫说："你也太有意思了吧，看个电视能哭成这样？像个孩子，真逗！"我回答："你们看电视吧，不用管我，我是忽然间太想我爸了。"丈夫沉默了。

爸爸生病期间，我经常去看他。因为上班，我不能长时间在家里陪着。每次走的时候，我都能看到爸爸眼中的恋恋不舍，每次我都是流着眼泪走的。路上我的心情很沉重，满脑子是爸爸的样子，那种感觉真的是太难受了！不知道有没有下辈子，如果有的话，我还做他的女儿，来尽这辈子没有尽到的孝道，我一定努力什么事都做好，不让爸爸为我操心，做一个让爸爸骄傲的女儿。希望爸爸在另一个世界里好好安歇，这辈子他太辛苦、太劳累了。

爸爸，女儿永远爱你。

# 喜 宴

瑞能煤业 边玉霞

　　国庆假期，我带着两个孩子在丈夫的陪同下回到我的家乡——陕西三边中的定边。过去常说走三边，三边就是指靖边、安边、定边。定边位于榆林市最西端，地处陕甘宁蒙四省（自治区）七县（旗）交界处，是陕西省的西北门户、榆林市的西大门。古有"东接榆延，西通甘凉，南邻环庆，北枕沙漠，土广边长，三秦要塞"之说。自古以来，这里商贾云集，素有"旱码头"之称。如今的定边又有"塞上油城"之称，是陕西一颗璀璨的"塞上明珠"。

　　国庆假期第一天，我们一家四口驾车行驶五个小时回到我从小长大的家。刚到家门口，就看到妈妈穿戴喜庆地朝我们快步走过来，还开心地念叨着："走走走，邻居你虎成叔明天给老二娶媳妇，今天串客，咱们一起去吃羊肉饸饹。"来不及卸下行李，我们就随妈妈去邻居家吃喜宴。还没到邻居家就听到吹鼓手们奏出的喜庆而豪放的唢呐声。走到大门口就看到宴客用的大帐篷。这里的宴席都是布置在自家院子或者大门外边比较宽敞的地方，再搭建起一个大帐篷。大帐篷用喜庆的彩条装饰着，里面摆放二十张左右的大圆桌，每桌可坐十个人，一个帐篷一次宴客二百人左右。宴客方式就是一拨吃完再接下一拨的流水席。帐篷外不远处有大叔大婶们在杀鸡宰羊，火燎羊头羊蹄。旁边还有一口特大锅被架在露天炭火上，锅里面足足炖了三头羊的羊肉。由于特殊的地理位置，三边的宴席上永远少不了羊肉。从前一天的串客开始大盆羊肉就摆上桌了，配上地地道道的陕北的荞面饸饹，以及几道小菜，就是结婚前一天串客的宴席了。当然，这并不是正式的婚宴，只是事先招待婚宴上要来帮忙的人和提前到来的亲朋好友的"油水"。

第二天，就是正式举行婚礼仪式开婚宴了。早上8点宴客就开始了。帐篷里，先是十张大圆桌围成一圈，客人们落座圆桌外围，桌上摆放着三道配菜、醋、油泼辣子、一大盆羊肉、一大盆羊肉臊子。在中间会放一个大圆桌用来放现轧的荞面饸饹，煮好的饸饹有专人用大盆连面汤带饸饹端到帐篷内。中间的圆桌上也有专人给客人们捞饸饹，客人们只要拿好碗筷，将碗伸出去就会有人把捞好的饸饹倒进他的碗里。盛好的饸饹可以根据自己的喜好加羊肉汤，或加羊肉臊子、醋、油泼辣子。一拨吃完接一拨，早上的羊肉臊子、荞面饸饹的供应持续到10点多就结束了。

正宴是中午 12 点开席。正宴就比较正式了，是由专门的婚宴厨师带领他的团队置办。所谓婚宴厨师就是当地做厨师的五六个人自由组建成团队，配备一辆货车，货车里自带碗筷等宴席所用的一切物品，常年奔波在各个有红白事的地方。正宴的菜品就比较多了，一般都是十六个大菜，这十六个大菜里至少有十二个肉菜，上双不上单。正宴还是流水席，娘家客人入第一拨宴席，之后随意。一般一轮席下来时，接新娘的车队也回来了。这个时候会举办陕北特有的结婚仪式，新人虽无婚纱、教堂，但要有大红棉袄、三姑六婆、七叔八婶子，这个婚礼才算完美。

秋高气爽的季节是举办婚礼的好时节。生活中我们会参加各种宴席，但唯有家乡的婚礼宴席令我难忘。那里绽放的是农村人最朴实的笑容，展现的是历史留下的不变的风土人情。

# 嫁给土地的女人

发电公司　黄强

　　家人每每谈及过世的奶奶，总是会感慨她是一个"嫁给土地的女人"，也时常会说起她的故事。

　　生于20世纪30年代的人，吃饱肚子几乎是生活中的唯一重要的事情。60年代，一场天灾使奶奶为了填饱肚子不得不背井离乡，由豫东向豫西开始了一段颠沛流离的逃荒生活，直到遇见了爷爷。爷爷出自书香门第，是村里学堂唯一的教书先生，同时还有着一手盘炉灶的手艺，虽然家境算不得殷实，但也不会饿着肚子。

　　奈何古板的家规却容不得这个来自异乡的女人，但一切终究熬不过爷爷的执拗，最终，爷爷将奶奶迎进了家门。

　　忽略掉一家子人的冷嘲热讽和白眼，奶奶总是默默地做着手里的活计。给人的感觉，似乎她为了一顿饱饭，便全然可以不在乎所有的事情。直到父亲的出生，她才慢慢融入这个家庭。

　　人们开始重新审视这个女人。她可以从地里辨识出许多当地人不知道的野菜，并将其烹出可口的风味；她会磨豆腐，她会养蚕缫丝，她可以在庄稼地里从日出到日落不停地劳作。她仿佛不知疲倦，但凡可以从黄土地里刨出食儿的事情，她都是那么轻车熟路、得心应手。或许真像人们议论的，她是"饿怕了"。

时代在更迭，直到我们这一代人出生，粮食已不是中国人生存的最大问题。但我儿时的印象，依旧是奶奶永不停歇的身影。每逢寒暑假，父母便要将我遣回老家，与爷爷奶奶生活一段时间，以缓解两位老人对孙儿的思念。

天刚泛起一抹鱼肚白，奶奶便起身清扫院落打猪草，忙完这些随即起灶生火，招呼我和爷爷洗漱吃早饭。爷爷身体并不好，吃过早饭，奶奶便一个人迎着朝晖扛着锄头去往田间。以我为首的一众小子也摸着跟了上去。任由我们如何嬉闹，她也不过多理会，疯够了，玩累了，每每抬起头时，她总是相同的姿势，相同的频率，缓缓地在田间移动着，未曾有片刻停歇。

在田间忙完后，吃饭是她难得休息的一段时间，而她最大的喜好便是在此时絮叨她地里的庄稼："对门王家的人不勤，地里的草都这么高了也没人管。"顺手比画了一个高度，然后顺着碗沿吸溜了一口苞谷糁："隔壁李家有三轮机车，水肥到位，庄稼能比咱们高出一寸来。"话及此处，眼神便黯淡下来。

爷爷去世后，奶奶便将所有的情愫彻底附着在这片厚重的黄土地上。哪怕最后苍老的身体已不容许她继续劳作，她也时常唤来父亲将她背至田间。坐在田埂上，望着绿油油的庄稼，一个人自言自语地念叨着，仿佛还在向远方的爷爷谈论着她的庄稼。

她爱爷爷，爱这片给予她温饱的土地；她嫁给了爷爷，更是嫁给了这厚重的土地。

# 风物哲思两生辉

　　"幸福是奋斗出来的。"衣食住行皆生活，酸甜苦辣亦多姿，平实朴素的语言也可以将多彩的煤海生活，通过笔尖流淌的智慧水墨书写在阳光之下。

　　体悟奉悟生活，深思慎思人生。文字泛出的思想的浪花里，将人生百味调剂在心上，晾晒在纸上，用细心和真情将生活的幸福描绘得姹紫嫣红，映射出对人生别样的思考和对生活不懈的追求。

# 忠 诚

公司机关　王文军

　　小时候，我在农村生活时"结交"过一位好伙伴儿，它叫黑子，是村里鳏居的崔大爷所养的一条瘸腿的土狗。

　　黑子天生残疾，见狗主人嫌弃，一旁的崔大爷就将它要了回来。刚抱回来的时候，黑子眼都睁不开，驼背的崔大爷用油黑的露着棉絮的裤子裹着，像得了宝贝。天下着鹅毛大雪，崔大爷冻得通红的脸高兴得绽开了花。这个小生命的出现，让年轻时就死了媳妇孤苦一生的崔大爷，顿时有了精神支柱和情感依托。

　　冬去春来，黑子可以满地撒欢了，村里的人们经常会看到崔大爷背着手走在前面，黑子瘸着一只前腿，摇着尾巴紧紧跟在后边，驼背的老人脸上时常挂着满足的笑容。

　　黑子在同类中是"身残志坚"的典范。一天夜里，村里有个小伙儿嘴馋，瞄上了崔大爷家那只下蛋的芦花鸡。崔大爷听见黑子在院子里低沉地叫了两声，等他披衣走到院里，黑子已将那小伙儿逼到墙角动弹不得。那人手里提着鸡，头上沾着鸡毛，两腿筛糠一样："崔爷，快把狗牵开，我再也不敢了。"天一亮，黑子的威名就传遍了村子。

后来发生的一件事儿，彻底改变了黑子的命运。崔大爷那时候给生产队看菜地，晚上就带着黑子住在菜园里，就在那段时间里黑子闯了大祸。由于"职责"所在，黑子把一个怀孕的农妇撵流产了，原因是那女人路过菜园时，顺手"捎带"了几根黄瓜。黑子听到动静，恶吼着就奔了出去，任崔大爷怎么喊都不回头。后来那女人的丈夫找到村委会，向支书哭诉："不就是仨瓜俩枣嘛，放狗来撵，害我媳妇没了娃娃。"

村支书找崔大爷谈了话："惹这么大的乱子，黑子自然难逃干系。"

老人自知不妙，但也无言以对。那一晚，崔大爷佝偻着身子坐在灯下想了很久，最后狠下心来，决定"大义灭亲"。

黑子蜷缩在院里的老槐树下，眼瞅着主人进了门，不自觉地身子往后缩。崔大爷手握着木棍，蹒跚着一步步走到黑子跟前，狠狠地骂道："你这畜生，惹了这么大的祸，如何再留你!"黑子眼巴巴地望着主人，感觉到大祸临头，不住地呜呜哀叫。黑子的悲鸣似乎唤醒了老人与狗相依为命的情感，他沧桑的脸上滚下两行浊泪，将举在手里的木棍，在空中画了一道弧线，无力地扔在了一边。

闯下大祸的黑子虽然死罪可免，但活罪难逃。天一亮，崔大爷就把它带到了县城，天擦黑的时候，全村的孩子都看到崔大爷独自一人惘然若失的身影。

黑子捡了条命，但却被主人无奈地遗弃了。

第二天早上，天刚麻麻亮，娃娃们上学路过崔大爷门前的时候，却看见了一个熟悉的影子。

"是黑子！"不知谁眼尖，一下子认出了它。

原来是黑子循着原路找回来了，它用爪子不停地抓着主人的大门，兴奋得发出呜呜的急切的叫声。

黑子回家并没有让崔大爷高兴起来。他背负着沉重的内疚之情，不顾娃娃们的央求，再次将黑子送出了门。这一次，崔大爷走了百多里路，把黑子安置到了一个老伙计的家里。

没有了黑子，崔大爷又恢复了过去的沉默寡言，远远地走过来，总伴随着几声干咳，看上去，背驼得更厉害了。

数月过去，冬天又来了。天上开始飘起了雪花，这是黑子生下时被崔大爷抱回来的季节。

后来听村里人讲，那年第一场雪后的早晨，崔大爷打开院门的时候，门口蹲着一只瘸了前腿的瘦弱的狗。那狗身上披着一层薄薄的雪，见了崔大爷就呜呜地叫。

"黑子！"

崔大爷像见到失散已久的亲人，踉跄地跑出去，一把搂住瘦骨嶙峋的黑子，老泪纵横。

遭到主人遗弃的黑子从寄养的人家跑出来，在外流浪了几个月，成了名副其实的流浪狗。在那个人都吃不饱的年代，它是如何活着回来的，成了永远未解的谜团。千辛万苦找回来，也许是害怕再次遭到主人的遗弃吧，所以就在雪中，在主人的家门口，它默默地守候了一夜。

黑子的忠诚感动了村里所有人，没人再提它的过错。人们对这只有着传奇色彩的狗表现出了宽厚的包容。

数月流浪伤了元气的黑子几乎是皮包骨，加上在雪地里冻了一夜，身子非常虚弱，回到崔大爷身边不久它就死了，被埋在主人院里的那棵老槐树下。

黑子虽然饱受了皮肉折磨和精神煎熬，但终于回到了养育它的家里，回到了主人身边。

常言道儿不嫌娘丑，狗不嫌家贫，养育之恩终生相报。黑子用生命验证了这句话，在寻找回家的路途中留下了一串忠诚的脚印。

# 读书的态度与方法

公司机关　张新苗

　　最近读书，遇到两个困惑：读什么？怎么读？

　　第一个困惑是，明知读书比刷手机重要，却用了百分之八十的时间刷手机，只用了百分之二十的时间读书。

　　若遇余秋雨、易中天、张维迎等大咖讲座，众人趋之若鹜，排除万难、挤出时间也要去听。其中，为一睹大师风采者有之，为附庸风雅拍照发到朋友圈上赚取点赞者有之。但我相信更多的人是为追求真理而去，大师们天资聪颖、学识渊博、见多识广，"听君一席话，胜读十年书"，有什么比听高人阔谈获取知识和信息来得更快捷、更有效、更丰富呢？

　　可是，在日常生活中，却并非如此。不信，你看在机场，在车站，在地铁公交车上，在厕所的蹲位上，在家庭的沙发前，乃至在临睡前床头的台灯下，我们看到十之八九的人都拿着手机，很少有抱着圣人大贤经典著作的；而抱着手机的，十之八九都在玩游戏、刷朋友圈、刷微博、刷八卦新闻，只有极少数时间、极少数人在看有营养的电子书。

玩手机是什么？是你的邻居同事、同学朋友在街头巷尾跟你聊天、打游戏。读书是什么？是古往今来的圣人大师在给你讲课，而且你想让他们讲什么他们就讲什么，你想让他们什么时候讲就什么时候讲。如帝王待遇一般奢侈地读书，为何却敌不过寻常巷陌里打发时间的玩手机呢？我想大致是因为，微信微博、八卦新闻里的信息，浅显易懂，不用思考，舒适感强；都是身边的人和事，身临其境，带入感强；可以点赞评论聊天，互动性强。归根结底就是一个字：懒！

第二个困惑是，到底是应该博览群书，不求甚解，还是应该集中优势兵力打歼灭战，"书读百遍，其义自见"？

少年时，曾狼吞虎咽读了一些书；近几年，每次遇到触发记忆的信息点，我总喜欢去把以前读过的书、文章再翻出来读一遍；隔几年，发现忘了，或者是经历人生的不同阶段，对这些信息点又有新的理解，把旧书翻出来又再读一遍。河南大学常萍老师说了嘛，"读先人的书，是用自己的生命和经历去激活它"。

但是翻来覆去读旧书，会浪费很多时间，并且会使自己知识面变窄，逐渐落后于这个时代。

后来看了一篇文章，写道："凡是把一本书读一百遍的人，必成大器！"文中还列举了三个例子：巴金读《古文观止》、茅盾读《红楼梦》、苏步青读《三国》等。犹太法典《塔木德》中说："只要把一本书念一百遍，你就有能力读懂世界上的任何一本书。"那难道说，反复读旧书的做法是对的？

这两点疑惑困扰了我很久，直到读冈田武彦的《王阳明大传：知行合一的心学智慧》，看到了朱熹给宋光宗的奏折里说："居敬持志，为读书之本；循序致精，为读书之法。"我豁然开朗。

"居敬"，我理解为：对待圣贤之书，要像圣贤本人站在我们面前授课一样恭敬。试想，孔子孟子和你的邻居朋友们都来了，你会丢下两位老先生而只顾去跟邻居朋友聊天打游戏吗？想必是会与你的邻居朋友一起聆听圣人的教诲吧！"持志"，我理解为：始终保持求知欲，保持通过学习来获取知识的渴望。如果我们对于学习的态度能够做到"居敬持志"，那么每一个可以利用的碎片时间里，在读经典书籍与玩手机之间，我们毫无疑问会优先选择前者。

"循序致精"就更容易理解了。学而不精等于没学。每次在朋友圈里看到一篇好的文章，我总是会很珍惜地把它放到收藏夹里，准备有空细细探究。结果这个"有空"一直没来。有一天整理手机，发现收藏夹里竟然有这么多宝贵的东西；尤为难过的是，它们如此陌生，以至于我都不相信这是我自己收藏的。这就是浅尝辄止的恶果，相当于把之前浏览这些信息的时间都浪费了。知识，并不是我们看过就算是自己的；记下来，融会贯通，并运用在实践中，指导我们的生活和工作，这才能成为自己的。因此，博览群书也好，书读百遍也好，重要的是通过"循序致精"，把它转化为自己的。

居敬持志，为读书之本，是读书的态度；循序致精，为读书之法，是读书的方法。左宗棠说过，"读未见书，如得良友；读已见书，如逢故人"。所以，我们既要反复读旧书，也要不断读新书，这叫"结识新朋友，不忘老朋友"。或者说，读新书，如同阅人无数；读旧书，方能跟上成功者的脚步。

# 吃饭的“讲究”

公司机关　李金玲

“老汉，回来吃饭啦……”

“爸，回来吃饭了……”

“爷，回来吃饭喽……”

每到饭点，父亲不在时，我们家门口就会传来响彻村里村外的呼喊声。即使几十年过去了，父亲已经从身强力壮的小伙变成了古稀之年的老人，称呼以及呼喊的人都在变，但不变的，依旧是每次饭前这习惯性的呼喊式召唤，是礼貌，是尊敬，更是传承。

打从自己记事起，妈妈就要求我，每次吃饭前要先喊父亲上桌，这成了我脑海中深深的烙印，甚至比“饭前洗手”还要深刻。后来，就有了声音洪亮的我和我的姐妹。

家中的第一碗饭永远都是一家之主，也就是我爸爸的，当然接下来的就依次按照家庭地位排序安排了，我自然噘起小嘴到了最后。还有就是大家围在饭桌前，长辈不动筷子，小辈就只能静静地坐在桌边流着口水欣赏，这又是多么煎熬！爸爸拿起筷子终于发话"吃吧吃吧",那笑容简直就是恩赐。

但就是这看似封建式的保守礼仪,我们家已经坚持了几十年直至现在,甚至以后。在 21 世纪的今天,虽然一家人聚少离多,但只要有团圆饭,一大家子的老人小孩约定俗成,依旧遵守,并没有觉得有何不妥。老人依旧高兴,孩子依旧礼貌,家庭氛围其乐融融。

当然,我们家还有一个关于吃饭的怪讲究,就是到了饭点就吃饭,爱吃多吃点儿,不爱吃少吃点儿,绝不容许开小灶、谁想吃啥就做啥、想什么时候吃就什么时候吃的"乱象"出现。用我妈的话说:"没有人管,家里还不乱了套了!"多么霸气专制的女主人啊,那孩子们饿了想吃口馍怎么办啊?"顺墙磨……"意思其实就是干饿着,作为该吃饭时不吃饭的惩罚,专治挑食的坏毛病。那孩子们盛多了吃不完怎么办?留着下顿吃,吃多少盛多少,少量多次,决不能浪费一粒粮食。

当然,这也是小时候物资匮乏的一种体现,但竟也赶上了现代流行的"冷餐"的要求和标准,我又不得不佩服母亲的前瞻性,智慧女性的化身啊!母亲的形象在我心中又高大了很多。

细细数来,我们家吃饭的讲究还不少:比如,吃饭不能咂巴嘴,说吧唧吧唧吃饭的女孩子不文雅;还有就是不能拿筷子敲碗,妈妈说那是要饭的乞丐才会做的事情;再有就是只能夹自己胳膊能够着的菜，绝对不能站起来，显得家里"缺吃少喝"的……所以，我们家的姑娘不挑食、不浪费，不咋呼、不做作，都进入了"好养"的范畴，而且个个做得一手好菜。

其实，不仅仅是吃饭，家里待人接物的讲究更多，"轻拿轻放，从哪里拿就放回到哪里去""有借有还，再借不难""出门回家都要向父母报备""把钱看得轻一些，把人看得重一些"，等等。这些讲究我们一直都沿用着。

现在，我也成了母亲，我依旧用这些旧讲究要求着女儿，旧讲究也沿袭到了新家。

# 闲说 "熵与生命"

发电公司　张恒

　　我接触到"熵"的概念，记得是在大学的热工基础课上，一直对它所描述的意义懵懵懂懂。还清楚地记得老师说，熵是反映分子运动无序程度的量度，熵越大，系统越混乱。说实话，当时在学校里对于熵的认识，也就只局限于老师那句对熵的概念的定语了。

　　再后来接触这个概念，是在工作中。工作的需要，对于熵的认识也就渐渐有了些眉目。不过，此时我对熵的理解也只局限于热力学的范畴。最近几天，无意中接连看到了两篇与熵有关的文章，一篇是在报纸上看到的人生感悟小文《生命中的负熵》，一篇是在《爱因斯坦的圣经》里《物理学之第四书——热力学》中看到的一段话。至此我才明白，原来熵的意义不止于自然科学领域，在人文科学领域，熵也有着非凡的魅力。

　　在热力学上，可以这样理解，熵是可用能向无用能转化的量度。熵增加，可用能减少，无用能增加。在自然界中，我们看到很多的自然现象，比如，水总是从高处自动流向低处，热量总是自动从高温传向低温，等等，而且当这些现象发生时其所造成的后果是不可逆转的。实际上这就是热力学第二定律所阐述的核心内容——孤立系统的熵增原理。

扩展开来讲，自然界里的所有事物总是朝着熵增加的方向发展的。人作为这个自然界的个体，也毫不例外地朝着熵增加的方向发展，并接近于他的最大值的熵的危险状态，那就是死亡。人要持续生存，就要防止自身的熵增，或者尽量减缓自身的熵增，这就是生命在其一生中不停在做的事情。所以，我们需要从环境中不断汲取称之为"负熵"的东西，从物质层面上来讲，阳光、食物、水等是其中的重中之重。

然而，食物、水所给予我们的是维持生命的最基本要素，有了这些我们能够活着。但，活着也只是作为生物层面上的活着。而对于一个作为生命个体的人来讲，除了在物质层面不断维持生命的需要之外，我们也不可忽视那些精神层面维持生命力的东西，那对于生命来讲是十分积极向上的东西，比如，坚强自信、坚忍不拔的好品格等。因为，一个人在人生的旅途中，总是会遭遇这样或那样的挫折，工作上的、情感上的、生活里的……这些挫折给人体增加的正熵更为剧烈，它消磨着人的意志，使人萎靡颓废甚至一蹶不振。如果听之任之，不及时地汲取负熵，最终会使人自身的熵增加至最大值，直至意志崩溃，走向死亡。所以，我们要在生命前行的过程中，不断地汲取各种负熵，这样的生命才会不断地焕发活力，放射光彩！

熵和生命都是人类很严肃的话题，而且两者之间是紧密相连的，正如量子力学的奠基人薛定谔所说："生命以负熵为生。"但由于自己对这个话题认识很浅陋，所以也只有闲说了！

# 新龟兔赛跑

公司机关　侯庆斌

新一届丛林动物越野大赛即将拉开帷幕。首届冠军龟队群贤会集，总结上届失败之原因，共商夺冠之大计。

龟王曰：首届兔失之大意，我侥幸获胜；上届兔幡然悔悟，我颗粒无收；本届如何应对，方可助我再度夺魁？

一龟：买通兔队员，让其途中再睡？

众龟：不可，兔不缺钱；兔也不敢。

一龟：赛道备大白菜，拌上安眠药，让其再睡？

众龟：组委会药检甚严，亦不可！

究竟如何，众龟一筹莫展。

突然，一龟曰：行贿裁判？

众龟：不可，裁判绝不能于众目睽睽之下，颠倒黑白！

一直眉头紧锁、一言不发的龟中孔明龟参谋灵光一闪，双目微合，轻摇羽扇，已然成竹在胸。众龟望之。

龟参谋：山龟自有妙计，尔等莫忧。

翌日，赛事开启。兔队依然派出了上届冠军，而龟队则数百众参赛。丛林众动物讽曰：再多的鸡也赢不了翱翔的鹰。

赛事正式开始。

兔以其敏捷之身手占据跑道中间之位置。众龟则紧布其四周。

蝙蝠裁判一声枪响，众龟或压兔腿，或衔兔足，或垒于兔前，或横其左右……

兔为众龟所累，在龟众丛中寸步难行。

一干龟则怡然行于赛道，与兔渐行渐远……

终，龟大胜。

# 雨夜的短信

公司机关　李金玲

　　已经是晚上 12 点了，小美无聊地将手中的电视遥控器按来按去，频道从头按到尾，再从尾按到头，来来回回已经不知道反复了多少遍了。她眼睛不时留意着自己的手机，仿佛在等待着什么消息。从傍晚开始就淅淅沥沥下起了小雨，小美听着雨点拍打着玻璃的声音，不禁感叹："4 月的天原来可以这么冷！"心中就升腾起一阵一阵的雾气。

　　佳明中午 2 点多发来短信，简单得只有两个字"下井"，但就是这简单的、笔画不超过十的两个字，传递着多种信息：老公开始了一天艰苦的工作；从现在开始不能给他打电话发短信，因为根本就联系不到他；还有就是推算着时间，凌晨 1 点多回来，给他准备点儿什么吃的好？从这一刻开始，小美又开始期盼着下一条短信的到来。

　　其实每次收到这两个字的短信，小美就开始让自己忙起来，让时间过得快一点儿，尽量不去想，不去担心。虽然矿区已经连续很多年无事故，但是毕竟煤矿工人也属于世界十大高危职业之一……想着想着，小美不禁开始自我安慰起来，自己算不算是在庸人自扰呢？

佳明已经在基层工作了三个多月了，每天早上 5 点起床，晚上 7 点回来，有时工作耽误了，回来的时间就不确定了。现在倒班过后又是中午 1 点走，凌晨 1 点多回来，小美却还是遵循着朝九晚五规律的作息时间。原本两个甜蜜的新婚小夫妻，却因为时间差从原本的如胶似漆到现在几乎连说句知心话的时间都没有。小美虽然有不适应的怨言，但对佳明，更多的是心疼、担心。佳明常常说："担心是没有必要的，现在的煤矿采掘技术很发达，安全系数也很高，所谓的事故都是违章操作造成的，属于小概率事件；再说现在井下实行的都是信息化、精细化的操作，我们的采掘工艺在全国都是数一数二的。你呀，就不要瞎操心了。虽然咱们是高瓦斯矿井，但是经过……"一溜听不懂的专业术语像打机关枪一样冲进小美的耳朵，说话间他脸上还带着云淡风轻的笑容。小美知道，采矿专业毕业的丈夫对自己的所学有着别样的情结，每每说到专业技术，都能看见他脸上自信、坚定、骄傲的笑容。而自己所能做的也就是照顾好他，照顾好自己，做好后勤工作，不要让他担心。他们约法三章，第一条就是下井升井都要短信通报，这是每天必须完成的工作。对于这样的八〇后夫妻而言，企业就是家庭，工作就是生活，安全就是幸福。

看看时间，现在已经是凌晨 1 点了，小美开始有点儿迷迷糊糊，想着明天手头没有思绪的工作，眼皮开始打架，电饭煲里米饭的香气已经渐渐消失，只有保温灯还坚守岗位亮着。手机响了一下，看到屏幕上闪现的三个字"升井了"，小美舒了一口气，笑了笑，歪倒在床上昏昏沉沉地睡着了。手机屏幕上与丈夫的短信只有长长的一溜"下井""升井了""下井""升井了"……简单而枯燥，没有回复，只有重复，但是就是这样的重复却又是多少个期盼平安而又幸福的日日夜夜！

不知过了多久，隐隐约约听见门开了的声音，有人小心翼翼地走到身边，轻轻吻了自己的脸颊，转了个身，小美安心地再次甜甜地睡去。

嗯，他回来了……

# 信天游里的美食与爱情

发电公司　高婷婷

说起陕北的美食，第一个想到的就是羊肉。记忆中，信天游里有歌词这样唱道："荞面圪托羊腥汤，死死活活相跟上"，字面意思是说荞面圪托和羊肉汤是绝配，荞面属凉性，羊腥汤属热性，只有二者结合煮出来才是完美的味道。另一层意思则表达了男女之间热烈的情感，这种火辣又直白的说法说明二者是恩爱的伴侣，如胶似漆不能分开。

羊之于陕北，是不可或缺的美食。陕北人嗜好吃羊肉，最简单的原因是陕北的羊肉好吃。从原材料上讲，黄土高原沟壑之间成长的山羊，活动量大，又能吃到一种俗称"百里香"的地椒草，因此山羊肉质鲜美，脂肪含量少，香而不膻，肥而不腻，吃上一口，清香可口，沁人心脾。同样，羊也是一种文化符号，富有浓郁文化特色的陕北信天游将羊肉这种美食与美好的爱情联系在一起，用日常茶饭来表达情感，既质朴纯真又别具一格。如"小米干饭羊肉丁丁汤，主意打在你身上""一碗碗羊肉一疙瘩糕，我一辈子也忘不了妹妹的好""手提上羊肉怀揣上糕，我冒上性命往哥哥家里跑"……歌词里的羊肉显然是一种意象，在陕北人的心中，"吃"则羊肉最好，"情"则爱情最美。而离别之情则是最苦，如"一锅锅羊肉半锅锅油，你哭成这我咋走？""白面馍馍烩羊肉，我知道你这回没盛（待、住的意思）够"，同样以羊肉来喻指，表达了离家舍业和放弃美好东西时的不舍。

信天游里还有这样的词："煮了个钱钱下了个米，大路上搂柴瞭一瞭你""锅儿来你就开花，下不上你就米，不想呀旁人光想你""正晌午的日头后晌午的风，那炸油糕的火呀咱的心"，豪放中见婉约，粗犷中有真情。豆子、糜子这些质朴而又常见的五谷杂粮被他们化作对恋爱的向往、对爱情的坚贞、离别时的感伤，以及重逢的喜悦，言辞之直白，听得人情绪跌宕，热泪盈眶。正所谓一方水土养一方人，在广袤无垠却又千沟万壑连绵起伏的黄土高原上，也只有这些性情粗犷的汉子、柔情似水的婆姨，才能将情歌吼唱得浓烈热辣、大胆勇敢。都说信天游永世唱不完，站在坡梁上，一声嘹亮的信天游，可以穿透时空、穿透地域的阻隔、穿透岁月，缭绕十里八沟而经久不散。

唯有美食和爱情不可辜负，这些夹杂着美食的信天游，饱含着扣人心弦、哀怨缠绵的爱情咏叹。爱，能爱得死去活来，也能爱得让外人目瞪口呆。虽然都是白到不能再白的大白话，却又寓意深长，胜过多少句甜言蜜语、海誓山盟，也胜过多少首爱情诗词。试想：相爱相恋的哥哥和妹妹，哥哥头戴有三道道蓝的羊肚子手巾，穿着粗布褂子系红腰带，妹妹梳着乌黑的麻花辫，穿着盘扣对襟大红袄。两人美美地吃上一碗荞面圪托羊腥汤，之后便手拉着手，站在山清水秀的圪梁梁上，伸长脖子、扯着嗓子，唱上一曲《哪达达都不如咱山沟沟好》，那该是何等的惬意，何等的酣畅！

# 这便是人生好时节

发电公司　潘丽萍

　　听过宋朝无门慧开禅师的一首禅诗：春有百花秋有月，夏有凉风冬有雪。若无闲事挂心头，便是人间好时节。

　　初读时，十几岁的年纪，非常喜欢，因为觉得很美。春花、秋月、夏风、冬雪，哪样都是极美的景致，后两句想想也有些道理。血气方刚的年纪，吟出这样的诗词，身边一众惊讶。像极了在懵懂的豆蔻，那句"默然相爱，寂静欢喜"，好像隐忍地宣扬自己的少年老成，自以为不露痕迹。现在想来，大概就是所谓的"少年不识愁滋味"。

　　再读时，是刚参加工作辛苦迷茫时，低头默念，满满都是羡慕。在办公室，多读几遍，整个人都安静下来，虽然伴随着喧嚣和无边无际的公文，但心却平和了许多，因为生活还是美好的。立足这里，生活在远方，那花月，总在那里等你，总有忙完的时候，总有那份静谧和安然在远处绽放，等你去感受。

　　日子匆匆，每日重复的生活好像让自己渐渐麻木。为什么？是因为那经年矗立的矿井，是因为那从小熟悉的街道，还是因为一台台年长于我的机器？不然就是因为愈加明显的皱纹，不断闹腾的孩子或渐渐年迈的父母？曾经的憧憬、激情好像早已遗忘，自己的生活，一地鸡毛。

在西安待了些日子，再回店头，突然想起了这首诗，如此应景。店头的夏季不同于西安，灼烧心脾的燥热从来不曾出现。清晨去矿山公园走走，满目的绿色和新鲜的空气，穿短袖微凉，出身汗也觉得清爽；中午时分常常会有一阵雨，时大时小，但都超不过半小时光景，有些小孩子打着伞在屋外看雨，嬉笑着玩闹着；雨停了，温度会再低几度。在夏季，不用担心中暑，不用担心晒黑，因为这里的夏，像个俏皮的少女，时而明媚，艳阳高照，知了也陪孩子们打打趣；时而忧伤，掉几滴撒娇的眼泪，但不用担心会像南方梅雨，有着怨妇念叨般的冗长。她会一边掉泪，一边用眼睛偷偷瞄你，一旦发觉你有不悦，就立刻给你灿烂的阳光。在这里度夏，就好像在和天气谈一场恋爱，就连夜里，也要盖好凉被，不然她会化作一缕凉风，偷挠你的脚心，让你在不念着她的时候，打几个无伤大雅的喷嚏。这里的"夏有凉风"真是有趣。7点一过，大家就会三三两两地去文化广场，双人舞、跑步、广场舞、篮球、打太极等活动不一而足。家长们带着孩子们在这里玩耍，孩子们活泼快乐地奔跑着；父母们老有所养，安度晚年；年轻的我们为自己和家庭专心工作，这不就是所谓的"人生好时节"？

在这里，我每时每刻都可以真切地感受到"春有百花秋有月，夏有凉风冬有雪。若无闲事挂心头，便是人间好时节"。这里的每一天都是我的好时节，谁说美好的生活一定要"在远方"，这里，就是值得我认真奋斗的地方，有花、有月、有歌、有你们，这便是我的人生好时节！

# 煤海青春

双龙煤业　穆海宏

每个人的青春都是一首歌，都是一个难以忘怀的故事，那是一段充满热情与爱的岁月，选择着，快乐着。

你的青春也许在诗中，也许在远方，可我的青春却是在熠熠生辉的煤海与日夜交替的机器轰鸣中。我们也有远方，每当站在闪耀着黑色光芒的煤山上，我们的远方就是脚下数以万计的光明，是日日夜夜的温暖。

青春不仅仅是选择，更是奉献，多少煤海战士，将青春无私地奉献在黑金的世界里，无情的岁月最终带走了他们的青春，为他们打上岁月的烙印。也许多年以后，我们和他们一样，有着黝黑的脸庞和纵深的皱纹，可那都是讲不完的故事。因此，我们不后悔，只因我们的青春，一点一滴都洒在这煤海之中，最终将光明带给千家万户，用青春谱写出一首首万世传唱的金曲。

也许忘了，忘了曾经，忘了未来，忘了这煤海之外的远方。也曾多少次地在想，煤海之外的远方究竟是什么样的？是童话里的金碧辉煌，还是传说中的繁花似锦；是看不尽的风景，还是唱不完的歌谣？我们也曾渴望远方，可我们也知道，那只是梦，我们的远方就在脚下，这片火热的煤海之中。

记不清从几时起，煤海成了我们的青春，青春成了我们的煤海。我们爱它，因为它充满了温暖的激情。从远古走来的它，无声无息，经历了无数次的蜕变，最终才成了黑色的黄金。它将遥远的故事带到了现在，只要静静地坐在煤海上，沉静下来，就能听到远古最温暖的细语，如春风，如冬雪，丝丝入耳，诉说着永远也讲不完的故事。

青春又是懵懂的，它来得太突然，走得又太匆忙，也许还来不及体验其中的滋味，它却已经远去。可无论什么样的青春，悲伤也好，快乐也好，都注定要陪伴自己走过一段时光。有人说，青春就是一生的选择，无论愿不愿意，总得走一条自己要走的路；当踏出了第一步，青春便会离去，接下来便是漫长的成长，或许这一步是生命里最重要的选择。有人去了远方，有人去了温馨的花乡，不论在哪里，都曾经选择过，曾经走过。而在这里，青春就在这火热的煤海中，在这一日一年的激情中。

既然走来了，那煤海便是家，便是生命，是一生也无法割舍的情怀。它静静地躺在脚下，低吟着来自远古的歌谣，累了困了，就轻轻地翻个身，继续吟唱着，讲述着。煤海化作一片温暖的光明，即使在夜里，它也一样，悠悠的，暖暖的。夏日里，这光是清爽的；严冬里，这光又是温暖的。青春可以远去，可煤海却永在身边。

岁月是无情的，最终会带走青春，却会把那些曾经的往事，留在记忆之中。青春是宝贵的，也是公平的，不论你来自何方，也不论你身在何处，它都会如约而至，如期而去。这煤海里的青春，是骄傲的，是自豪的，将青春奉献给煤海，人生充满了力量。煤海里的青春，是平凡而又伟大的青春，虽然只有那数不清的黑色，可黑色的背后，却是数不清的点点光明。

我爱青春，更爱煤海里的青春。

# 月光下的思念

铁运公司　张东

　　傍晚，我同儿子在小区里边赏月，分享"天狗吃月亮"的故事。突然一个声音传了过来："小黑你在这儿玩会儿，一会儿我过来找你。"循声望去，一个满头白发的老爷爷，亲昵地拍打着一只全身油亮发光的小狗，小狗时不时伸出舌头舔着老爷爷的手……瞬间，我的思绪透过皎洁的月光，又一次打开我与"小黑"的记忆。

　　多年前的一个深夜，父亲被一阵剧烈的撞门声和狗的狂吠声惊醒，匆忙披衣下床，打开房门，见是隔壁李爷爷家的小狗小黑。它径直咬着父亲的裤脚向外拉。李爷爷终生无儿无女，独居已久，侄子侄女要接他同住，李爷爷称一个人惯了，侄子侄女就没再坚持。在小黑的引领下，父亲来到李爷爷家里。只见躺在床上的李爷爷脸色通红，满头大汗，已不能说话。父亲一惊，一边急忙告知其他邻居前来帮忙，一边通知李爷爷的侄子侄女。虽然李爷爷的侄子侄女和救护车很快就赶到了，但是医生说是急性心梗，已无法挽回了。一连几天，大伙都沉浸在李爷爷离世的悲痛中，很少有人注意到小黑。离开时，李爷爷的侄子侄女用绳子牵着小黑一起走了，尽管小黑一步一退……

后来小黑挣脱绳子头也不回地跑了。正当大伙为小黑的安危担忧时，忽然有人说，小黑在李爷爷紧闭的家门前趴着。不知小黑如何认得路，又是如何回来的？小黑一定很饿了吧？我转身到家里拿了两个馒头，小黑只是用鼻子轻轻地嗅了嗅。我伏下身子，蹲在小黑旁边，情不自禁抚摸起小黑原本油亮发光、此刻却有些干枯而灰扑扑的毛皮，就在这时泪花溢出了小黑的眼眶，我的心禁不住一阵颤抖，只为小黑的忠诚。

过了三天，母亲说小黑开始吃东西了，我不由心中一喜，急匆匆向小黑常待的墙角走去。一看到我，小黑就用它柔软的身体来回磨蹭着我的小腿，不停地围着我摇尾巴……我把小黑接到家里，小黑很乖巧也很爱干净，从不随地大小便，只要我们外出，小黑总是寸步不离地为我们守护着家。渐渐地，我发现小黑壮实了许多，大伙都夸母亲把小黑照顾得好。一天放学，我进村就看到小黑一瘸一拐地在前面走着，嘴角滴着血，肚子上卡着一个钢圈，血迹斑斑，便知小黑遇到偷狗贼了。我试图帮小黑解开钢圈，可我一触到钢圈，小黑就拼命挣脱，不知是因为疼还是受惊了。父亲说，不妨带小黑到村里的兽医站去看看。

　　我同父亲一起带着小黑去了兽医站，兽医简单地观察了一番，说小黑怀了狗崽马上要生了，随即为小黑打了针麻药，用铁钳剪断了深深嵌进肉里的钢圈。医生在小黑的伤口上涂了药粉，并叮嘱要按时给小黑冲洗伤口。三天后，小黑在院子里的柴垛下左右翻动，异常痛苦，约二十分钟后，第一只小狗出生了，接着又陆续生了三只小狗，小黑刚愈合的伤口又被挣开了，血不停地向外渗，可小黑的眼里更多的是慈祥和平静……

　　母亲担心小黑哺育四只幼崽身体吃不消，就和父亲商量，把四只小狗分别找人妥善来养。小黑好像有预感似的，那几天时刻警惕地望着四周的一草一木。终于趁小黑进食时，母亲拣了一个空当，将四只幼崽装在篮子里，分别送到了亲戚家里。

　　失去狗崽的小黑，不停地在房前屋后四处搜寻，整日无精打采，很少吃喝。无奈，母亲同我一起抱着小黑，去了二姨家探望它的幼崽。刚到村口小黑就从我怀中挣脱，径直跑进二姨家的院子，不停地用舌头舔它幼崽的毛皮，不停地发出爱溺的呼唤……短暂的团聚后，小黑一步一回头跟着我们离开了二姨家。然而，在小黑回家的那个晚上以后，一连多天小黑再也没出现过。直至一天傍晚，我放学回家，看到月光下的小黑一动不动地卧在李爷爷家门口，心中一惊，用脚轻轻一碰，小黑的身体已然有些僵硬了。

　　小黑带着对故去主人的思念，带着它对幼崽的爱，带着对善良人们的感恩，悄无声息地去了另外一个世界……忠诚、坚强和知恩图报的小黑永远记在我心里。

# 再见，金庸；再见，江湖！

机电公司　祝芳

> 侠客道义，恩怨情仇，没有人见过江湖是什么样，
> 我相信它就是金庸笔下的那样。

——题记

10月，真是一个悲凉的月份，昨日送李咏，今日忆金庸。金庸的离世带走了一代又一代人的记忆，同时带走了我们的江湖和青春。金庸的去世是巨星的陨落，更是一个时代的落幕。从此天堂多了一位侠客，人间少了一片江湖。

金庸，本名查良镛，生于浙江省海宁市，1948年移居香港，是当代武侠小说名家、新闻学家、企业家、政治评论家、社会活动家，"香港四大才子"之一。

"有华人的地方就有金庸。"金庸的武侠小说在华人世界有着巨大的影响力，一生中作品无数。他的笔创作出多部脍炙人口的武侠小说，包括《书剑恩仇录》《射雕英雄传》《神雕侠侣》《倚天屠龙记》《天龙八部》《笑傲江湖》《鹿鼎记》……金庸也因此被誉为"20世纪最具影响力的武侠小说作家"。

金庸的武侠小说，令人痴迷，也令人疯狂。无论是"凌波微步"，还是"降龙十八掌"；无论是少林武僧，还是隐居大侠；无论是百花谷，还是桃花岛……在金庸的笔下都是如诗如画，如梦如幻。让读者神魂颠倒，忘记时光。

金庸的武侠小说，除了有侠客道义，还有为国为民的大义情怀。坚守襄阳城的郭靖，信守民族大义，不计个人得失，令人无尽感佩；人生曲折坎坷、性格狂放不羁的杨过，用郭襄生日的"三份贺礼"（歼敌军烧粮草）完成报国之举，最终又用一粒石子打死敌军统领，真正成为一代大侠；失去手臂的杨过，以坚忍不拔的毅力，在他的江湖中干着为国为民的大事；《碧血剑》中身负国仇家恨的袁承志救国无门，不禁让人扼腕叹息。

金庸的武侠小说，缠绵悱恻的爱情也是重要组成部分。《射雕英雄传》中郭靖黄蓉伉俪几十年如一日地举案齐眉、相濡以沫感人至深；《书剑恩仇录》中"金笛秀才"余鱼同与骆冰的感情纠葛是"少年维特之烦恼"；爱了杨过一生的郭襄，用峨眉派开山祖师的身份开拓了人生道路；而终其一生为情所困的李莫愁，吟唱着"问世间情为何物，直教人生死相许"葬身火海，徒留一段江湖传说。

除了爱情，张翠山与张无忌的父子之情、宁中则与岳灵珊的母女之情、乔峰段誉虚竹的兄弟之情……种种情感或复杂或纯粹，为读者展现了不一样的人性和情感江湖。

之所以喜欢金庸，是因为通过金庸的武侠小说体味了丰富多彩的人生；是因为金庸为我们开辟了一个绚丽多彩的武侠世界。那个世界善恶分明，冷酷却有温情，无情却有悲悯；邪恶终将受到惩罚，光明与希望永远伴随生活。

金庸的小说中描写了很多宗师，而他本人就是一代宗师。伴随着20世纪的七〇后、八〇后、九〇后的成长，他的小说，有深植于中国传统文化内核的一种精神。也许有人没看过他的小说，却也会爱上他，因为那是文化的召唤、传统的魅力、民族的底色。

2018年10月30日，金庸离去，武侠"绝响"！

# 荷

一号煤矿　张海滨

每次品读朱自清先生的《荷塘月色》，就情不自禁对那静谧的荷塘、幽深的小径、迷人的月色怦然心动。当然，最令我心驰神往的还是那冰清玉洁的荷花。大概从初中学习这篇文章时起，便在我心底萌生了一个关于"荷"的情结。

初夏，天空落下细细密密的雨，雨丝打在脸上，麻酥酥的，此时极目欣赏雨中的荷甚是惬意。视野中，有些已经凋零的残荷，细密的雨点儿敲在枯黄的荷叶上，仿佛是激励着生命的再一次轮回。此时此景不禁让人想起李商隐的"留得枯荷听雨声"。在那些盛开的荷花上，点缀着金黄色的花蕊。洁白的花瓣和碧绿的荷叶上，滚动着晶莹的水珠，风儿轻轻一摆，水珠便不见了踪影。原来这生长在泥塘里的植物，竟然有一种特殊的品性，任何污泥浊水都休想侵入它的肌体。

荷的高贵纯洁是尽人皆知的，但当我真正面对这种百毒不侵的高洁时，我还是惊愕了。我惊愕于荷这种洁身自爱的性格与污浊格格不入的品质。面对物欲横流充满诱惑的世界，如果我们都能保有荷的性情，洁身自律，干干净净做事，坦坦荡荡做人，那些歪风与邪气将不再是人们痛心疾首的话题。此刻我似乎真正领悟了周敦颐笔下的"出淤泥而不染，濯清涟而不妖，中通外直，不蔓不枝……可远观而不可亵玩焉"的深刻内涵。

作为一名共产党员，尽管我不具备荷那样天生的高洁品性，但我愿以荷为鉴，决不让世俗的污泥浊水将自己的身心污染。想必这也是我与荷的一种别样的缘分吧！

# 行走的力量

　　"文艺创作不仅要有当代生活的底蕴，而且要有文化传统的血脉。"中国文学讲求托物言志、寓景于情，讲求形神兼备、意境深远，达到景中有情、情中有景。从"醉翁之意不在酒，在乎山水之间也"中感受到"乐"，从"予独爱莲之出淤泥而不染，濯清涟而不妖"中感受到"洁"，从"天朗气清，惠风和畅。仰观宇宙之大，俯察品类之盛"中感受到行走的"兴"，古人对山水及美景的情感寄托，可以从文字中洞悉。时下，我们依然可以在山水美景的游历中怡情悦性，提升人格力量，升华道德修养。

　　一切景语皆情语，让我们跟随作者的脚步，感受笔下的"景"，读懂心中的"情"，徜徉在大自然的诗情画意里，共赴一场心灵的盛宴。

# 那年桃花岛上

公司机关　孙鹏

　　生活中，总有一些小事，让你不经意遇到，便悄悄埋进心里，成为记忆中那一抹悠悠绵长的情愫，每每想起，总是那么温暖和感动。

　　那年秋末冬初，利用年休假带着家人到浙江游玩。先到杭州，天气还不错，西湖游人不多，因为不着急赶路，倒也游得从容。行至白堤，抬头举目，山色如黛，水光如眸，断桥边残蓬瘦影，湖面上飞鸟拍翅，两岸红木成排。"白苹红蓼西风裹，一色湖光万顷秋"，此时，西湖秋意正浓，我不由神醉情迷，驻足留影。

　　游过杭州后，商量去桃花岛，先乘大巴到沈家门，从墩头码头坐船登岛。上船前，因为馋面了，在附近找了家小店吃海鲜面。面条的味道不敢恭维，但碗里海鲜的数量却不少。吃完后桌上丢弃的贝壳虾皮收拢了一小堆，心想这也划得来吧。

　　桃花岛位于舟山本岛东南部，相传秦时隐士安期生在岛上白云山修道炼丹，"尝以醉，墨洒于山石上，遂成桃花纹"，岛名由此而来。据说金庸先生《射雕英雄传》书中描写的黄药师的"桃花山庄"就在该岛上。在此还建了影视拍摄基地，由此桃花岛更是声名鹊起，游客络绎不绝。我和妻子都是金庸迷，年轻时读过不少先生的武侠小说，痴迷于他用浪漫主义手法描绘出的武林世界，这次也算是慕名而来，圆了少年江湖梦。

小岛面积不大，北、西、南三面环山，东朝大海，层峦叠嶂，林木丛生，风光旖旎。岛上有桃花峪、安期峰、大佛岩、塔湾金沙等景区，每个景区相对独立，但交通便利，有中巴车，定点发车。一行人最后在塔湾金沙景区游玩，由于天凉水冷，这里几乎没有游人。海滩周边青山环抱，沙滩平缓，沙质细软，在阳光下金光闪闪。滩外碧波荡漾，潮头散布着形态各异、色彩斑斓的贝壳。孩子是第一次见到真正的海滩，兴奋之情无以言表，时而奔跑，时而欢呼，时而俯身捡贝壳，时而向海面扔石头，在海风和波浪声中留下一串串小脚印。

眼看天色不早，孩子却游性很浓，丝毫没有离开的意思。妻子说还要回码头赶船，便提议去附近的橘园转转，我也随声附和说好。当然，这对于北方孩子来说绝对是一个不小的诱惑。

我们转到橘园，这个季节正值橘子成熟，黄灿灿的果实挂满枝头，仿佛一张张娇羞的小脸蛋，妻子也兴奋起来，摆着造型让拍照留念。

　　"你们看，那是什么啊？"孩子突然喊道。我们顺着孩子手指的方向望去，不远处山坡上有几棵树，感觉树上结的果子很大。我说咱们过去看看，说罢带头向山坡跑去。来到树前，看到叶色浓绿，厚实实的，果子呈扁圆形，个头很大，根据平时吃水果的经验判断，估计是柚子树。孩子贪婪地望着果子说："咱能摘吗？"我说："绝对不能，这是别人种的，不能随便摘。"说完，东张西望起来，唯恐被人误会为"图谋不轨"。大概平时经常看到游客被敲诈的新闻报道，出门后满脑子都是提高警惕的"战备思想"。

　　俗话说，越怕啥，越来啥。这时，从山间小路走来一个人，是个六七十岁的老婆婆，挑着两个篮子，看样子担子不轻。她背部微驼，脚步却很坚实。我急忙拉住孩子，想尽快离开此地，免得落下麻烦，孩子却意犹未尽，还想再玩会儿。老婆婆见状，放下担子，拿着扁担走到树下，冲着我们边说着话，边用扁担朝柚子树比画着。她说话用的舟山当地土语，我不是太懂，大概意思是说这树上的果子可以吃，如果孩子喜欢就打几个下来。我听懂后，连忙摆手示意不用打了，我们只是看看而已。其实，心里是担心她借机卖柚子赚钱。没想到老婆婆二话没说，挥舞着扁担向树枝打去，几个柚子应声落地，仿佛也重重砸在了我的心里。暗想，这下完了，肯定被讹上了，"战备思想"工作功亏一篑，于是无助地看了看妻子。妻子似乎明白了我的意思，主动上前交涉，问老婆婆这几个柚子要多少钱。

"自家种的，让孩子吃吧，不要钱的。"老婆婆回答。这句话我听得很真，但仍然怀疑她是不是在假装推辞，估摸这几个柚子最多能值二十块钱，于是便悄悄从口袋找出一张钞票攥在手里预备着。

老婆婆捡起柚子，分别塞到孩子和妻子手中，扭头重新挑起担子走了，压根儿没有要钱的意思。这回轮到我难为情了，脸上发热，似乎红到了耳根，自己误会老婆婆了。为了缓解内心的尴尬，我急忙上前把那张二十元钞票递给老婆婆。她看到钱后只是摆手，口中连说不要。我看到篮子里面有当地产的番薯，灵机一动说："我拿个番薯给孩子吃行吗?"老婆婆说没问题，你多拿几个吧。我拿了最上面的一个，同时偷偷将钱塞到下面。看着老婆婆渐行渐远的背影，我终于松了一口气，也算是求得心里安慰吧。

"人无信不立，业无信不兴。"讲诚信，本应该成为做人最基本的准则，如今却成为难得的高尚品德。一个物欲横流的社会，当人们丧失了信仰，没有了底线，为了追逐名利，什么坑蒙拐骗的手段都能堂而皇之地派上用场。在信任危机的阴影笼罩下，本来坦诚、简单的人际关系复杂化了，人人力求自保，互相设防，唯恐上当受骗，小人未必"长戚戚"，君子却一定不能"坦荡荡"了。回想刚才那一幕幕，我这个始终"长戚戚"的"小人"，被老婆婆上了一堂生动的"君子坦荡荡"诚信教育课。反思自己的言行，越发惭愧不已。

"哎，慢点儿走，等一下。"我们返回车站途中，被身后的叫声喊住了，回头一看，只见那位老婆婆手里拿着钞票，正向我们小跑着追赶过来。面对这位老婆婆，一位普普通通、辛勤劳作的村民，一位始终坚守做人道理、诚实友善的老人，我还能再推辞什么，说些什么呢？诚信是中华民族的优良传统，是融入中华文化血液的基因，老婆婆身上体现的正是千百年来每一位华夏儿女对诚信的坚守。中华民族因诚信而立，因诚信而兴，也会因诚信走向新的辉煌。只有在心里默默祝福老婆婆：好人一生平安。

在回去的船上，孩子闹着要吃柚子，我费了很大工夫才把柚子皮剥开，淡淡的果香，清新的瓤子，一粒一粒果肉绽着笑脸。窗外，海风大了，海面波涛涌起，夕阳西下，红彤彤的余晖洒满了整个海平面，泛起红光粼粼。掰开一瓣柚子放到嘴里，咀嚼着，尽管味道稍苦，后味却是酸甜绵长……

# 菜花黄时鸬鹚忙

公司机关　王文军

油菜花黄的季节，曾去过汉中的一个小县城。那年花好，春光明媚，被当地人称作漾家河的小河泛着耀眼的白光，犹如镜面。

一条小船顺水而来。

这条船的形状实在能够颠覆人们对船的印象。两个一模一样的长条木盒子，被腰间一根结实的木棍连接到一起，像两只织布的梭子在水中并行排列。船上一个中年汉子，两腿分立在那两只"梭子"上。船的边沿，三只鸬鹚频繁跃起入水，争相捕捉小鱼。只见那人手撑长篙，无声间，小船进退自如，徜徉在如画美景中。

我一时竟呆住了，忘了手中还有相机。等回过神来，唤渔夫暂停半刻，渔夫顺从地定在水中，远远地露着牙齿笑。

见他老实憨厚，陡生交流的想法。

"上来抽根烟吧！"

见我手捏香烟招呼，渔夫便将船划向了岸边，肩挑担子拾级而上。他那三只鸬鹚乖乖地立在船沿上，在前后左右的摆动中扑扇着翅膀保持平衡，就像人在表演走钢丝。等上了岸来，才发现那条构思精巧的小船，轻巧到可以用一个肩膀担着，甚不费力。

过去在电视上见过鸬鹚，生活中还是第一次见。和那汉子攀谈中，三只鸬鹚静静立着，倒也安静。随行中有人好奇，去抚摸鸬鹚油黑泛光的羽毛。那三只中间一个模样强壮的，立刻目露凶光，环视左右，警惕倍加。渔夫说，那是其中最年轻的，对两位年长者常有照顾，平日里稍遇敌意都会挺身而出保护老弱。听着渔夫的介绍，让人顿生感叹。

那两只梭形船斗内，鸬鹚的战利品挤拥在狭小的空间里，搅得水哗哗作响。凑近一看，真的不少：大多是野生鲫鱼，少量几尾个头大些的鲤子。回头再仔细打量这几只鸬鹚，竟发现每只颈间的羽毛内都有根细长的绳索贴肉勒着脖子。

"毕竟是动物嘛，训练得再好，也无法抵抗进食的欲望，这是动物的本能，人也一样。"船主人解释说。

细看下，这根绳索是用竹子结节处生长的类似竹叶形状的篾条做的，当地人叫"竹皮子"，遇水极为坚韧，有一定的弹性。鸬鹚被这根软硬合适又挣脱不掉的项圈箍着，控制着，难逃"打工"的命运。

　　鸬鹚需要通过不停劳作才能换来食物，也许是种宿命。基因中有易受人控制的先天缺陷，或许也是种生存方式。往积极的方面去想，已经习惯了和人相处的鸬鹚，起码不用操心哪片水域有鱼吃，不用再自谋生计去浪迹天涯。

　　它和渔夫和谐相处的景象，隐隐地透着一种合作共赢的意味。能获得这种机会，鸬鹚靠的是执行力。人实现与鸬鹚的合作，靠的是那根绳索。那根韧性极强的"竹皮子"就是渔夫约束鸬鹚的"制度"，既没有捆绑得鸬鹚无法行动，又成功地限制了它将捕获的鱼偷偷咽食。"竹皮子"就像连接管理者和执行者的一根纽带，用智慧科学的手段，将渔夫和鸬鹚紧紧地系在一起，形成了一个同进退、共生存的利益共同体。

　　烟抽了，话也说了，渔夫起身告辞。

　　他一手拎起那只梭船扛在肩上，扭头挥了挥手。眨眼间，就顺着漾家河隐没在一片灿烂的金色中。

# 新藏线纪行

公司机关　常昱

俯瞰我国西北西南边陲，有一条长长的黑色丝带围绕昆仑山腰，一路向东，飘向远方，飘向天边，飘向云端。

这就是世界上海拔最高、穿行难度最大，许多人一辈子都不可能走一回的新藏线。始于新疆叶城县的"零公里"石碑，穿越喀喇昆仑山、冈底斯山，翻过十六座雪山达坂（即山口），越过四十四条河流，最终抵达喜马拉雅山下，在西藏日喀则市拉孜县与318国道相连。全长两千一百四十三公里，也被称为国道219线、叶孜线。在西藏拉萨到阿里还没有正规公路时，这条新藏线就是军民进出阿里的唯一大通道。行走在这条路上，一年只有冷暖两季，大雪横飞是常有的事，一路充满了这个世界所能拥有的严酷与苍凉。

这条路，被称作是一条铺在天路上的国道！

一

这是南疆金秋的10月，我随武警阿里交通三支队的车辆从新藏线219国道的起点新疆叶城出发，前往阿里。出发前，黄主任告诉我这一路会很辛苦，而我很兴奋，因为我将要前往平均海拔四千五百米以上的阿里。

车子启动的那一刻，我的心已激发出不一样的期待。最终的目的地是这片藏地最遥远的秘境——阿里，整个旅程，我都在真诚地用心去寻找、去感受这条天路国道的前世与今生。

叶城"零公里"石碑是新藏线 219 国道的起点。解放前，昆仑山上并没有新藏公路。新疆到西藏的交通极端落后，运输全靠人背畜驮，进藏比登天还难。邮差信使、僧侣百姓、商贾马帮和探险考察者进藏都要冒着生命危险。1950 年，为了解放西藏，新疆军区成立独立骑兵师，从今天的新疆于田出发进军西藏，沿着河道，顺着山坡修了一条仅能供人、骡马、骆驼过去的羊肠小道，这便是新藏公路的雏形。那个时候，路上平坦一点儿的地方，人可以骑着马过去，危险的地方，人就拉着马慢慢通过，稍不留意，人和马掉下去就都没命了。在先遣部队艰难的行军途中，马死了不少，六七十位干部、战士也长眠于昆仑山。后方的给养运送队伍三次进藏送粮都没有成功，最后一次是一位维吾尔族青年赶着两头牦牛，驮着半口袋信、一口袋咸盐和吃剩下的七个馕翻过了昆仑山。

即使 1951 年阿里地区宣告解放，大批入藏部队和阿里藏族群众的生活给养还是靠牦牛、骆驼和羊群运送。能有一条直达阿里的公路，是所有进藏人当时最大的愿望。

直到 1953 年，中共中央新疆分局根据西藏藏北指挥所的报告，决定重修新藏公路。在得到交通部的批准后，说干就干，选点测线，组建队伍，成立指挥部。1956 年的阳春三月，大地解冻，海拔一千七百多米的叶城东郊林场热火朝天，近六千人的施工队伍浩浩荡荡地进入工地——从"零公里"石碑开始，从第一个路标开始。公路修到今天的大红柳滩时，为了加快修建速度，采取了简易的修路办法——所谓的简易，就是"顺地爬"。一直到 1957 年 9 月，这条路终于修到了原定的终点噶达克，也就是现在的阿里噶尔县。

沿着塔克拉玛干沙漠边缘，新藏 219 国道一马平川。迎着戈壁热烈的阳光，我们的车子出了城，顺着昆仑山一路向东，平坦、宽阔、清一色的沥青柏油路面在车后迅速闪过。关于这条路的意义，那份喜悦、感动，在昨日看警史馆的那些老照片时，与我的心灵不期而遇。"1957 年 10 月 6 日，阿里噶达克隆重举行新藏线通车典礼。"画面中的藏族同胞像过年一样，高兴得载歌载舞，还有牧区的老百姓牵着马前来观看庆典盛况。这条原计划三年修通的公路实际只用了一年半时间。从此，巍峨险峻的昆仑高原上有了现在的新藏公路，西藏阿里地区各族军民也有了与外界交流的交通要道。我想，那一天，很多人一定都流下了激动的泪水。

雪域昆仑第一城，天赐叶城"零公里"。没有这条路，就没有新疆与西藏阿里多年来的亲密关系。

## 二

出叶城县一百公里，手机信号全无，从一望无际的戈壁滩到巍峨高山，海拔一路攀升，仿佛进入了无人区。进入盘山路的时候，司机小谢告诉我接下来是新藏线上最险峻、最难走、最受罪的一段路，要翻越最长的麻扎达坂、凶险的黑卡子达坂，还有连猴子都爬不上去的库地达坂。

听他这么一说，我紧了紧安全带，死死抓住车的把手，尽管是坐在车里，但我感觉浑身细胞都使了劲在爬山。汽车行驶在山与山之间，山与水之间，山与沟之间，走完一个很急的弯，迎面又来一个带坡的弯。山，好像巨斧劈过一样，锋利无比；水，犹如幽灵飘过戈壁一样，无声无息；沟，仿佛老人脸上的褶皱一样，纵横交错。就这样，我们绕完了山绕水，绕完了水绕沟，绕完了沟又绕山。隔着车窗，远望走过的路，这分明就是从悬崖峭壁和沟壑纵横间硬生生凿出的一条路，像一条丝带，有时沿山体盘旋而上，有时静落天堑沟渠。

车里的人看我如此紧张，连忙笑着说，这段路现在都好了很多了，三十年以前，这段路还全是坑槽，随处可见沼泽、水毁、塌陷、流沙地段，过往的车辆没有一点儿安全保障。

而如今，在我眼前，山河依旧，风雪依旧，残酷的地理环境和恶劣的生存环境没有任何改变，而脚下的这条路却已不是曾经的模样了。一路走来，除了"先天性"的崎岖弯道和翻山越岭不可改变，道路明显扩宽了许多，也平整了许多，有弯道口的地方就有护栏，一路安全标志齐全。

快爬到黑卡子达坂山顶时，车靠路边停下了。隔窗望去，一片沟壑，这个荒凉到连上厕所都不想考虑的地方他们停下来做什么？但我还是下了车，跟着他们往公路对面走去。

来到崖畔还没站稳，一阵风就把我吹得打了好几个趔趄。看到眼前的一幕，我似乎明白了。几块石头撑起一块石板，这便是一个简易的祭台，石板下面有酒瓶、烟头和一些没有燃尽的香烛。显然，有人在这里出了车祸，而且永远地不在了。车里的几个人分别点了一支烟放在石板上，他们告诉我，这里牺牲的是他们曾经的副参谋长杨琦。杨琦是陕西人，一次带队前往叶城，夜里走到这里时，对面急弯上来一辆车，由于路窄夜黑看不清，不小心连车带人从悬崖上滚了下去。从此以后，队里不管是谁路过这儿，都要下车"看看"他。

听完这个故事，我返回车上拿了水果和喝的恭恭敬敬地放在石板上。环顾周围这片连一只鸟都看不到的荒山野岭，我的鼻子酸了，多么想让杨副参谋长睁开眼睛看看身边的这条路！

车子继续往前开，要赶在天黑前到达三十里营房。窗外是炫目的艳阳，李娜的《青藏高原》从车里飘荡向远处连绵起伏的雪山，山谷间多了几分苍凉、悲壮。而我却在脑海中努力勾勒着几十年前修建这条路的艰辛画面。

三

有些事情，需要亲身经历，才能收获一些什么。沿途，我被那些用石头、土坯垒起来的废弃道班房所吸引，它们孤零零地站在国道的一侧，默默地守望着喀喇昆仑的日出日落。走进院子，荒草丛生，破败不堪，屋里除了角落里一些面目全非的生活用品和养护工具，就只剩墙壁上过路"驴友"的各种涂鸦了。我努力从喀喇昆仑山山脚下静得可怕的这份落寞和孤寂中追忆一位老养路人与新藏公路的过去。

219 全线刚贯通时，养路官兵们出勤全靠两条腿走，养路工具就是铁锹、十字镐、抬巴子、路拖子、手推车，工作一天下来个个就像个土猴子。晚上睡觉，以地为床，以天为被。睡地窝子、喝雪山水，取暖靠牛粪、红柳，什么电灯、电话、收音机根本谈不上。虽然条件艰苦，环境恶劣，吃不饱肚子，穿不上一件像样的衣服，但是大家精神状态非常好，吃苦耐劳，只要一声令下，不管是白天黑夜还是下雨下雪，同志们是说干就干。那时候，道路虽还是沙砾路，但养护得非常平整，过往的车辆在驾驶室里搁上一碗水，三挡以内都不会洒。

从黑卡子达坂下了山，我们碰到交通支队的官兵刚在路边吃完午饭，正在清理排水沟，从旁边几个保温饭桶的残羹看出大家中午吃的是麻辣豆腐、炒白菜和米饭。为了确保完成养护任务，节省用餐时间，这些饭菜都是用轿子车从附近的中队送过来的。在我看来，所有的便利条件相对内地还是很滞后，但是比起以前，他们已经很知足了。

太阳刚躲到昆仑山背后，我们到达了三十里营房。这是新藏线上最繁华的地段，有沿途条件最好、最多的兵站营房，路两边有二十多间食宿、商品、修理等小店，大都是些低矮的平房。但当地人告诉我们，这条件比十多年前不知要好多少。

夜色朦胧，小谢陪我行走在三十里营房的小街道上，昆仑山脚下热闹的街景与远山的孤寂形成鲜明的对比。尽管只是个过客，我也感觉到了前所未有的孤独。路边一辆大卡车旁，一群人正围着一堆油黑锃亮的煤炭热火朝天地往各自袋子里装。路过几家饭馆，门口停着来自新、川、陕、鲁、京的车子，有载着货物的，有拉着游客的。透过房屋微弱的灯光，闻着饭馆里飘出来的炒菜香和羊肉味，我心想：里面一定其乐融融，这会儿，天南海北都是一家人了。路的另一边是解放军部队驻扎的一排帐篷，透过缝隙我看到里面燃得正旺的炉火和整齐的绿色床铺，心里满满都是敬佩。祖国的盛世平安，边防的稳定团结，在这里，我似乎才真正读懂了一点儿。天彻底黑了，夜幕像是一个巨大的盆子罩着整个峡谷，保护着他怀里的所有子民，而他的子民在仅有的一点儿光亮下各司其职忙碌着，站岗的站岗，施工的施工，做生意的做生意……就连检查站门口的那条大狗也丝毫没有闲着，死死盯着来来往往的行人，时不时地扯着脖子朝着路尽头灯火通明的施工地和过路行人叫几声。而在十几年前，从这里经过的人想停下来喝口水、取个暖、吃口饭那是完全不可能的事。

　　一路奔波，在武警交通中队留宿的这个晚上，温暖的住处和热乎的饭菜顿时扫除了我们一路的疲惫。用他们几位的话说，他们是回到了家。10月的山间寒气虽然清骨，可是中队楼房内早早烧暖了锅炉，窗台上养的花儿长得翠绿，简单朴素的宿舍很是温馨。在阿里生活期间，我最大的感受就是一个自然环境极度恶劣的地方要想留住人，最基本的做法就是从改善生活基础设施入手。教导员告诉我，周围部队所有吃的用的都是从叶城运上来的，相比拉萨，无论是运输成本还是物资成本都要低很多。没有这条路，没有基本的生活保障，这些守疆固土的边防战士在这里活下去都是个问题。

第二天晨起，我在中队院子门口碰见中队长王林和几名战士正往车上装洗漱用具，他高兴地告诉我，他们要去叶城拉物资，晚上就可以到城里了。过去从三十里营房至少需要两天才能到叶城，如今多半天便可以轻轻松松到达了。在这太阳出来却依旧寒气逼人的早晨，我们也出发了，再回头望望他们快乐的背影，我很理解这种简单的幸福。

## 四

都说新藏线就是一条用忠魂铺就的路，路通到哪里，武警官兵的忠魂就守护在哪里！走出三十里营房，在四百三十四公里处的康西瓦烈士陵园，中印边境自卫反击战中牺牲的一百多位烈士长眠在这里，化作了中华人民共和国西部边关的巍巍山脉。就在自卫反击战打响的那一年，刚满五岁的新藏公路日夜承载着部队和地方支前运送弹药、生活物资的车辆，公路沿线的养路职工日夜守护、保障着战时国防交通的绝对畅通，没有一个临阵脱逃。是的，他们就是西域严酷大地上不灭的灵魂，是站在死亡之线上微笑的生命！

行走在这样的路上，我心已无关风月。在荒滩、冰雪和群山背后，我们对生命和死亡又有多少透彻的了解？我不禁感叹哪有什么岁月静好，不过是有人替你负重前行罢了。西藏和平解放六十多年，这条天边最高最远最寒最险的路，终于一点点铺就成我们脚下真实的柏油路！

车子越往东走，一望无际的荒凉越是迎面而来，柏油路面也越来越开阔平坦。快到晌午时，我被隔窗暖暖的太阳晒得懒洋洋的，渐渐地进入梦乡，只是身子随着汽车在公路上起起伏伏，像是在摇篮里一般舒适。

"这里就是死人沟！"因为提前告之司机小谢到了死人沟提醒我，蒙眬中一听到这个瘆人的名字，我便一下子清醒了。都说死人沟是新藏公路上最容易让人产生高原反应的地方，再健壮的人，可以躲得过麻扎、躲得过黑卡、躲得过康西瓦、躲得过甜水海，却无法躲过死人沟。据说和平解放西藏前夕，曾经的先遣连队就因为高原反应而牺牲近半。

前面有检查站，大家提议下车活动活动。虽说死人沟坐落在盆地，但海拔也有五千一百多米高了，下车没走几步我们就明显感觉到了胸闷气短。李总工告诉我，年轻的新藏公路设计标准低，很多路段坡度大，弯道小，路基不稳。考虑到大规模的国防建设以及阿里的社会经济发展，1963 年，叶城公路总段开始对管养的新藏公路逐年进行改造，通行能力才提高了很多。放在以前，每年的 5 月初开山通行之际，死人沟这地方总会遇到不知什么时候抛锚的汽车，拉开车门，驾驶室里的司机和同行者坐在那里，叫无应声，一推搡，人便颓然以僵死的姿势跌出车外。现在路好了，周边也有检查站，真遇到什么事，附近的部队也会在第一时间赶过来。光是近八年，驻新藏线的武警部队就在这条线上救助了三千二百多名遇险游客。

听他讲这些的时候，我们就置身在这个巨大的盆地之中，方圆几百里没有一丝风，尽管被高原冬日发烫的暖阳笼罩着，还是会感到不寒而栗，毛骨悚然。我在想，如果是夜里被迫停在这无人区，那种前不着村后不着店没有通信信号的恐惧更无法想象。

我们在路边停留期间，几辆货车、私家车从身边缓缓开过。如果不是这条路和这个检查站，我真怀疑我已经离开了地球。可是，从这里经过的人又有多少能体会这条生死线路背后的寂寞与艰辛？

## 五

连绵巍峨的昆仑山把新疆和西藏分成两个截然不同的自治区。山南的西藏雪山环绕、高寒缺氧、人烟稀少，经济和社会发展相对落后。而山北的新疆人多物丰，盛产粮棉，特别是和西藏阿里毗邻的南疆片片绿洲瓜果飘香、牛羊肥壮。新疆的石油、煤炭、粮食都成为阿里不可或缺的物资。

过了西藏阿里分界线的牌坊，车子肆无忌惮地在地球最荒蛮的这片大陆上驰骋，笔直道路通向遥远的地平线，雪山白云次第铺开，天地无限宽敞。

　　这畅快的行驶速度引起了黄主任的感慨，他给我讲了一个故事，听后我百感交集。独立骑兵师后勤部骆驼队第一次翻越昆仑山，给包括进藏先遣连在内的阿里支队送给养，出发时二百多峰骆驼，回来时只剩下不到一百峰。当骆驼队把第一批粮食、棉衣送到时，阿里支队官兵高兴得流下泪来。因为他们知道，阿里边防一人守防，新疆就要有两个人和五峰骆驼来保障；每运到阿里的一斤粮食，要等于新疆二十五斤粮食的价格。

　　走这条路，从前阿里到叶城小汽车至少需要三天，货车日夜不停也需要一星期。而如今，一路上，与我们擦肩而过或者同向前进的有部队整齐成列的军车，有当地走亲访友的私家车，有外地来旅行游玩的房车，有经商运输物资的货车，还有天南海北"驴友"的各种骑行车……作为世界上平均海拔最高、管护最艰苦的跨省国道，这些年来，新藏线拉近了亲情的距离，缩短了求学创业的距离，节省了运输旅游的时间。新藏阿里，千里边关，朝发夕至的梦想不再遥远。

　　车子进入阿里地区日土县境内，拐过一个急弯，眼前便是一片寸草不生的裸地，环围着一湖被阳光照耀得透亮的碧蓝，这就是横跨中国、印度，浩渺壮观的班公湖。这是一种无法形容的蓝，似乎天空融化在了湖水里；这是一种无法形容的纯净，人类的足迹恐怕是唯一的"尘"。李总工随即脱口而出："走世界海拔最高公路219新藏线，品祖国西部边陲高原无限风光。"小谢也很配合地打开车里的音响，远处湖面游艇上鲜艳的五星红旗招展在纯净的蓝天碧波间。那一刻，伴随着小提琴《我爱你，中国》优美的旋律，所有人静默，都在用心感受祖国的大美河山和繁荣富强……

秋风拂面人欢笑，铁骑奔驰一路歌。沿着新藏线一路到阿里，我们看到了新藏线从无到有的巨变；从每年由于暴风雪、泥石流、塌方等公路灾害封堵无法通行到支队官兵精心养护保障全年通车的巨变；从广大司乘人员心中的"死亡线"到祖国边防运输的"保障线"、经济发展的"黄金线"、旅游观光的"风景线"、民族团结的"连心线"的巨变。我们在昆仑怀抱中走过高山峭壁，走过荒漠戈壁，走过雪山冰川，走过草原湖泊……一路从梦想的起点追寻着梦想的终点。

如果你有幸到新藏公路走一趟，一定忘不了那种"昆仑低头迎远客，路人豪情伴客归。畅游昆仑无所惧，深山营房是你家"的感觉。我们更忘不了的是改革开放以来，西藏的交通发生的翻天覆地的变化。

# 登调兵山

公司机关　孙鹏

　　第一次踏到东北这片饱经沧桑而又肥沃的黑土地上，便有一种亲近感，仿佛早已和它有了约定。

　　乘飞机先到沈阳，落地后又坐了近两个小时的车，终于来到了国人熟知的著名大城市铁岭市，夜宿调兵山。调兵山，是铁岭辖区的一个县级市，它地处燕山东侧，辽北平原西面，地理构造西高东低，是历代兵家必争之地。调兵山历史悠久，是东北一个多民族文化的集散地，其中以金文化最具代表性。相传北宋时期，金朝名将完颜宗弼，也就是金兀术，曾在此屯兵、练兵、遣兵，练成了一支"铁鹰军"，调兵山因而得名。后来，这支"铁鹰军"向宋朝发起进攻并获胜，宋"二圣"被囚禁在调兵山锁龙沟一眼枯井里"坐井观天"，调兵山更是名声大震，被后人所知。

　　调兵山脚下，有一座"兀术城"，顺山势而建，东西长，南北短，东西各有一座气势雄伟的城楼，据说此城是在"兀术街"原址的基础上建造的。"兀术街"原是金国军队在山下安营扎寨之地，当时建有古城，因年代久远，古城不复存在。我出差住的地方距离兀术城不远，早上便到城内散步。进入兀术城，车水马龙，人头攒动，两侧商铺林立，建筑古色古香，中间石板铺路。这里的早市很是热闹，路边摆着摊位，蔬菜、水果、海鲜、生活用品，还有热气腾腾的早点，可谓琳琅满目，应有尽有。一个商贩吆喝道："卖大西瓜了，六块钱一个，十块钱两个，要钱不要货。"东北人嗓门大，热情、直爽的性格由此可见。置身闹市中，喧嚣不再闹心，反而成了看点，让人流连忘返。兀术城，一座检阅了金戈铁马气吞万里如虎的城，一座见证了朝代兴衰更替的城，一座承载了多个民族文化交融的城。大浪淘沙，千秋功过谁人评说？

　　时光流转，从兀术城中我仿佛穿越到宋朝，一个经济发达、文化繁荣却又屡遭外侮的朝代。宋朝是个重文轻武的朝代，像王安石、司马光、欧阳修、范仲淹、辛弃疾、苏东坡这些堪称古代中国文学史上一流的文人，都在朝廷任职，有的还身居高位。到了宋徽宗时代，尽管徽宗治理国家不怎么样，但他自幼爱好笔墨丹青，而且极具天赋，造诣很深，独创了书法上的瘦金体。抛开皇帝身份，单从书画家的身份来说，他在中国书画艺术史上占有重要地位。徽宗的儿子钦宗治理国家方面还不如他爹，甚至比他爹还窝囊，面对金国咄咄逼人的态势，苟且偷安，不思进取，一味地割地献金。物竞天择，强者生存，弱者的卑躬屈膝是换不回来和平的。钦宗的皇位还没暖热，金国大军就直捣东京，除了烧杀抢掠之外，还把他和他爹一起俘去，这就是中国古代著名的"靖康之耻"。岳飞在《满江红》中写道："靖康耻，犹未雪。臣子恨，何时灭。"可叹君弱国衰，长使英雄泪满襟！

追古抚今，正当遭受近代百年屈辱的中华儿女以昂扬的姿态，向着国家富强、民族振兴、人民幸福的"中国梦"阔步前行时，那些害怕中国崛起的外来势力虎视眈眈，伺机而动。一方面，他们不遗余力地实施政治分裂、军事威胁、经济打压、文化渗透，尽可能地打压和放缓中国崛起的进程。另一方面，当中国经济快速发展后，他们送来了"糖衣炮弹"，开始鼓吹中国的发展成就。最近世界银行发布"国际比较项目"数据，预测中国经济总量2041年将赶超美国，让很多国人美滋滋、飘飘然。霸权主义国家恃强凌弱、弱肉强食的侵略本性永远不会改变，他们需要的是一头膘肥体胖的猪，而不是一头苏醒的狮。一个国家的经济规模，如果不能转化成为科技实力、军事实力、文化实力这些体现综合国力的实力，那么，这个国家最终只会是一头待宰的肥猪。自称"为国请命、甘为鹰犬"的著名军旅学者戴旭在《C形包围》中写道："只要中国不从属于西方利益，特别是美国利益，试图维持本民族独立，中国就必然长期被西方集体孤立和抑制""狼是打走的，不是劝走的"。从宋徽宗、宋钦宗"二圣"在调兵山锁龙沟枯井里"坐井观天"时屈辱的泪水中，我们一定要明白一个道理，那就是，和平是乞求不来的，落后就要挨打，只有正义之师拥有了强大力量，才能保护好自己，维护好世界和平。

列宁说过："忘记历史，就等于背叛。"

由于临近中秋，机票不好订，公事完结后，便多待了一天。"每逢佳节倍思亲"，来这儿几天，东北的大骨头、杀猪菜、酱泥鳅尽管好吃，但还是想念屋里那几样家常菜。下午无事，便决定攀登调兵山。收拾妥当后，穿兀术城，顺调兵沟，沿环山路上调兵山。这里空气清新，一路鸟语花香，一个多小时便登到最高峰。山顶有一塔，登高瞭望，东面调兵山城尽现眼底，高楼大厦均匀铺开，还可以看到一些矿井分布其中，看得出这是一个能源重镇；西面远处群山连绵不绝，蓝天白云朵朵，隐约可见湖光闪烁，还有成片成片的苞谷地。山上无风，风力发电机犹如一个个身材高大的武士昂首挺胸，镇定地站在高山之上。此刻，山顶就我一个人，张开双臂，拥抱群山，天人合一，心旷神怡。东北黑土地，这片大好河山，只有在祖国的怀抱中才会如此温暖安详。

　　"九一八"事变纪念日就要到了，那是一个让每个中国人刻骨铭心的日子。八十三年前，盘踞在东北的日本关东军，炮轰沈阳北大营，制造了震惊中外的"九一八"事变。东北军不战而退，东北全境沦陷。此后，日本在东北建立了伪满洲国傀儡政权，开始殖民统治。敌人并不可怕，只要我们团结起来，同仇敌忾，任何侵略者休想拿走我们一寸土地。中国有五千年文明历史，中华民族创造出了源远流长、博大精深的中华文化，是世界上唯一没有中断且延续至今的文明，这是每个中华儿女的骄傲。中国传统文化中的中庸之道，反对极端主义，提倡保平常态、取中间值、走中和道。中庸之道提供了一种弹性哲学，这是让中华民族始终保持强大生命力和包容力的一个重要因素。但是，也正因为中国人信奉中庸之道，为那些卖国求荣之辈提供了借口，而且是堂而皇之的借口。于是乎，"攘外必先安内""曲线救国"这些说辞便成为某些人为了个人和团伙利益而做出卖祖卖国不齿之事的辞令。《礼记》写道："大道之行也，天下为公。"黄宗羲云："不以一己之利为利，而使天下受其利；不以一己之害为害，而使天下释其害。"中国近代革命先驱孙中山一生的理想和实践，都是在追求"天下为公"。历史潮流浩浩汤汤，顺之者昌逆之者亡，任何借口都不能凌驾于民族大义之上。纵观古今中外，那些逆历史潮流，不顾天下苍生，与人民为敌的人，无论他们开始多么强大，最终都是没有好下场的，会被永远钉在历史的耻辱柱上。

下山时，天近黄昏，辗转来到明月禅寺，据说这是辽北地区最大的佛教圣地。该寺三面环山，呈莲花地势，在落日余晖下，更显建筑宏伟，气派壮观。穿石拱桥，过放生池，顺阶梯而上，伫立寺门前，果然见寺庙庄严肃穆，气度不凡。抬头，见寺门上悬挂范曾题写的"明月禅寺"匾牌，左右各有一题匾，上联"明月清辉洒慈光向遍寰宇"，下联"月明心寂导世界以趣大同"。书法行云流水，潇洒俊逸，宛如明月下坐禅念经高僧的胡须被清风徐徐掠过。大门侧面有一面高墙，红色的琉璃瓦下是平整的黄色墙面，上书"辽北首刹"四个黑色大字，落款为"三宝弟子启功敬题"。我虽然不是书法家，但一直对启功先生的书法钟爱有加。先生的作品平正秀丽，修长雅洁，结构匀称，用笔干净，既富有书卷气，又透出贵族风。有书法评论者说启功的书法甜俗、少骨、单调，在此我无意反驳，我只想说，书法如同作文一样，是一个人性情、人品、个性的体现。撇开专业角度，好的书法作品就应该是一个人个性的充分展示，我喜欢启功的书法就是喜欢他书法中流露出的端正、旷达、自然的性情，有苍松翠柏之正直，有冰魂雪魄之清明。

正如启功先生自己总结的：“立身苦被浮名累，涉世无如本色难。”

走入寺内，松柏参天，花草茂盛，香烟缭绕，清静肃穆。天王殿、大雄宝殿、祖师殿、钟鼓楼、法堂等建筑古朴典雅，殿宇轩昂，看得出寺庙规模很大，远处还隐约可见正在规划中的建筑。不觉走到寺庙深处，循声而去，来到念佛堂前，恰遇明月禅寺做法事，我便肃立门外。从门窗往里看，只见上百名善男信女在几位僧人的主持下虔诚地念着佛经，他们双手合十，面色安详。此时此刻，他们心中向佛，他们或许在祈祷平安，或许在祈祷健康，或许在祈祷富贵，只要他们心存善念，他们就是自己的佛。我不禁想，人活着还是要有信仰的，法律和道德解决不了社会上所有的问题，朱熹说：“君子之心，常怀敬畏。”人的欲望无限，有了信仰，就有了敬畏之心，就能控制自己的欲望，约束自身言行，谨慎行事，互敬礼让；如果没有敬畏，人就会无所顾忌，什么事情都能做出来。

离开明月禅寺，途中再次穿越兀术城，此时华灯初上，城内依然很热闹，商家早已布置好了夜市摊。忙碌一天的人陆续来到摊位前，三三两两围坐在一起，边品味美食边唠嗑，空气中散发着烧烤食物的气味，不时传来欢快的谈笑声。远处升起一轮明月，因为还差几天才到阴历十五，所以月亮看起来还不是那么圆满，但它依然孤傲地悬在高空俯瞰着世间万物、人生百态。佛家《金刚经》上讲："一切皆为虚幻。"现实生活中，为权、为钱、为名、为利，让世人行色匆匆，殊不知这些都是人生沉重的包袱，背得越多，负担就越多，快乐就越少，只有放下这些包袱，才能身心轻松。我理解的所谓放下，并不是非要远离尘世，归隐山林，图个清闲，无所作为，而是不为名利所累，坦然处之，轻松上阵，为所当为，顺其自然。或许对于心灵而言，人生一世，如果能求得个终日快乐，求得个心安理得，求得个无怨无悔，就已经实现了生命最本真的价值了。当然了，如果有更高层面的追求，诸如有"修身齐家治国平天下"那样的志向，有"先天下之忧而忧，后天下之乐而乐"那样的胸襟，有"居有屋，冷有衣，餐有食，若宇内皆然，羊也鼓腹而歌"那样的情怀，便更能享受到人生的另外一种快乐。人似秋鸿，事如春梦，试想自古至今谁又能逃脱生命"赤条条而来，赤条条而去"的归宿？《红楼梦》有诗云："我所居兮，青埂之峰；我所游兮，鸿蒙太空。谁与我逝兮，吾谁与从？渺渺茫茫兮，归彼大荒。"

月明心寂，一切随缘。

# 谒拜仓颉庙

铁运公司　刘焕

　　每至假期，以往沉寂的朋友圈便开始热闹起来，晒美景、晒美食、晒风情、晒旅行……各种晒进入高潮期。有去海边看日出的，有去成都尝美味的，有去异国体验风情的，有去华山论剑的，还有去黄帝陵寻祖的……而大多数人则一致选择了：逃离都市，放缓脚步，走进乡村，感受生活。这次假期，我要去哪儿呢？

　　我是一个土生土长的白水人。提起白水，大家就会想到"四圣"（"字圣""酒圣""纸圣""陶圣"）故里、苹果之乡，而"四圣"之中影响最大的就属"字圣"仓颉了。白水县的主干道就是以仓颉的名字命名的，以此体现白水深厚的文化底蕴；每年谷雨，白水都要举办仓颉庙会，从民间到政府都会举行祭祀仓颉的活动。谷雨祭祀仓颉源起于何时无法考证，历经了数千年而约定俗成。祭祀仓颉的活动充分体现了白水人民对文字始祖的崇拜和对社祭文化的传承。

　　仓颉庙对于我来说既熟悉又陌生，因为我经常听说却从来没有踏足过，这次休假不知怎的有了谒拜仓颉庙的冲动。从县城出发，经过风景秀丽的山涧，大约三十分钟就来到了史官镇，这里有着国内唯一的纪念文字发明创造者的庙宇——仓颉庙。庙里古柏成荫，东西戏楼相互辉映，碑碣成林……解放大西北时彭德怀元帅曾在这里指挥过战斗，也许是因为这里具有精神震慑力才选择这里吧？指挥所旧址至今保留着。

我走过古柏群、青砖黑瓦间，进入庙宇大殿，伫立于铜像前，深深弯下腰，捕捉着"圣人"的气息，感受着华夏汉字之魂的诞生历程。

根据历史文献记载，仓颉为轩辕黄帝左史官。据说仓颉见鸟兽的足迹受启发，于是分类别异，加以整理，根据事物形状创造了象形文字，并推广和使用，称为文字。仓颉所创的文字有六类，自黄帝到夏商周三代，一直沿用未曾做改动，在汉字创造的过程中起了重要作用。仓颉被尊为"造字圣人"，为中华民族的繁荣和昌盛做出了不朽的功绩。

走出大殿，一阵春风拂过，枝叶微动，清新淡雅的古朴气息沁人心脾。古柏千秋秀，庙堂文字香。放眼望去，古柏参天入云，浓荫蔽日，我觉得这庙里最引人注目的就属这古柏了。当地人曾给仓颉庙编了个顺口溜，共八句话，六句讲的都是古柏：

大头娃跟人转匝匝，

干喜鹊迎客翘尾巴，

扁枝柏扁枝扁身扁权权，

柏抱槐死活不离抱疙瘩，

转枝柏预知旱涝巧捎话，

蒿木担子四丈八，

再生柏复活更潇洒，

手植柏头在云里插。

这八句话涵盖了八大奇观，但在这八大奇观中，令我印象最深刻的便是"蒿木担子四丈八"这一奇观了。民间流传着这样一个故事：在古代，人们认为蒿木是长不高的，但在仓颉庙里，大堂正殿的主梁便是蒿木的，约有四丈八，真是奇迹般的存在。因此，就有了"蒿木担子四丈八"。这一奇迹也告诉我们：这世上没有不可能的事，只有你不想去做的事，正所谓"精诚所至，金石为开"。

枕上一声残梦醒，千秋古迹总苍茫！感叹正是仓颉点燃了中华文明之薪火，祭拜仓颉，内心充满了崇敬和感恩之情。

假如你去惯了名山大川，看惯了花花草草，习惯了灯红酒绿，但你还觉得内心缺点儿什么，需要积淀文化底蕴、增强文化自信，不妨来白水走一趟，拜谒一下仓颉庙，补一补逐渐被我们遗忘的历史文化！

# 小镇初雪

煤电实业　王保林

　　许是去年雨水少的缘故，对雪的期盼比任何时候都要强烈。盼望着，盼望着，期许多日的雪，在翘首期盼中到来了。

　　己亥年的第一场雪是从午后开始的，起初还是雨点般大小的雪粒，落着落着，雪粒渐渐地变成了鹅毛般的大片雪花。须臾之间，漫天飞舞的雪花，如同那早春里迎风飘散的柳絮，一发不可收；亦如断了线的天珠，从浩瀚的天上散落到了人间。

　　在早已模糊的记忆中，这样的来势，这样的景象，还真是有些年头没见了。从小生活在北方的人们，过年赏雪，嬉戏玩耍，那是迎接新年最好、最隆重的仪式。如今，全球的气候都在变暖，雪也变得稀罕了。这个时节能遇到这样的雪天，着实让人欣喜。

　　晨起开门雪满山，千树万树梨花开。清晨起来，放眼望去，窗外的世界已是银装素裹、白雪皑皑，难怪唐代诗人宋之问会有"不知庭霰今朝落，疑是林花昨夜开"的感慨。

　　四季更替，日月轮回，大自然的神奇美妙，怎能不叫人啧啧惊叹啊！

透过窗户望去，远处的田间地头、楼顶树梢、大路小径，全部是白茫茫的一片。矿区附近的村庄，星星点点的烟囱正冒着浓烟，袅袅绕绕地织成天空的云朵，给人一种乡村特有的气息，是亲切，是洁净，是一种淡然安静的感觉。似乎一夜的时光，整个世界便被淹没在银白色的海洋里。

我生活的地方是一个典型的北方矿区工业小镇，也是省级重点建设示范镇。伴随着改革开放的春风，矿区内外发生了翻天覆地的变化，智能化无人开采的梦想在这里实现，我国首个煤矿智能化开采技术创新中心在这里落户，中国工业大奖花落这里……

生活在小镇上的人们，如今的日子越过越甜蜜，也越来越富裕。每天清晨，街道上穿梭不停的运煤车，赶着时间上班和送孩子上学的私家车，叫卖的商贩，骑摩托车的路人，步履匆匆的行人……勤劳的人们每天都在演奏着小镇改革发展的交响乐。

雪后的小镇，少了几分喧嚣，多了几分清新。行走在吱吱作响的雪地里，小心翼翼地迈着步子，满目尽是与往日不一样的风景。

一阵寒风吹过头顶，树枝上的银条散落了一身。慌乱中抖抖身上的雪，心中没有一丝抱怨。弯腰捧起一把雪，带着如同诗人一般的情致，远远地抛向天空。会心一笑，喃喃自语，这不正是调皮的雪儿和风儿送给自己的新春贺礼吗？

早上9点多钟的时候，小镇上的人们才开始动起来。街道两边的商户开始打扫门前积雪，附近单位的职工也走出了办公室加入清雪的队伍，街市上人头攒动，好不热闹！有相互搀扶行走的，有追逐打闹嬉戏的，有专注着堆雪人的……在这清冷的日子里，小镇浓浓的生活气息，瞬间驱走了随雪而来的寒意，给小镇增添了几分暖意。

在我国北方，正月里若少了雪，总感觉少了些什么。少雨雪的年份过多了，人们便会忘记雪的模样。眼瞅着春天了，还能遇到如此大的雪，也算是稀罕。难怪大人和孩子们会纷纷走出屋子，在雪地里尽情欢呼，激情奔跑。

空旷的雪地是小镇上最热闹的地方。远处不断传来孩子们玩耍嬉戏的声音，随处可见一个个憨态可掬、形态各异的雪人，这是人们馈赠给初雪最好的礼物。若是遇到斜坡陡道，看到有溜雪的孩童，大人们也会泛起童心，忍不住混入溜雪的队伍，找找童年的感觉，怎一个"惬意"了得！

雪后的矿区是美丽的、迷人的，也是多姿多彩的。运煤专列呼啸而过，矿工战斗的脚步永不停息……

要说最抢眼的，还要数矿区里穿着黄马甲的环卫工人了，他们是雪后矿区里最忙碌的人，也是一群最可亲可爱可敬的人。

大雪过后，矿区的角角落落闪现着环卫工人们劳作的身影。铁锹、雪铲、融雪剂，真是十八般兵器齐上阵。矿区的道路上，人头攒动，这场面、这场景，还真有点儿像农业生产合作社集体劳动的感觉。叮叮咣咣的除雪大军，在春天里奏响了新时代矿区发展的最强音。

寒风中，清雪的队伍越拉越长，环卫工人们劳作后的欢笑声在矿区上空久久回荡……

望着他们渐行渐远的背影，我心中不由得对这些最可爱的人肃然起敬，特作诗一首以记之：

汨水潺潺披银装，落花纷飞照两川。

橘色不惧风与雪，乌金小镇舞姿欢。

战天斗地赞英雄，最美不过橘色颜。

瑞雪兆丰年，国泰民安康。愿这场初雪能给小镇上的人们带来新的希望和丰硕的收获。

# 路上的"味道"

机电公司　曹川

　　人的一生至少应该有两次冲动，一次是为了奋不顾身的爱情，另一次就是说走就走的旅行。听很多人都这么说过，道理我们都明白，年轻时候有去远方"行脚"的想法就应该尽力去实现，尽最大的努力来倾听自己内心的声音。可究竟有几个人能做到说走就走呢？

　　早些年一直给自己规划着，有时间了，等有时间了一定去西藏。念想早就有，只是一直没有付诸行动，绊脚的原因有很多：工作忙、没时间……每当别人问及："你不是说去吗，怎么还没走？"听到这样的问话时，我经常回答："唉，上班忙得很，单位事多，没时间。"其实从根本上来说，不是没时间，而要看你对于一个地方的着魔程度究竟有多深，倘若你喜欢西藏到了痴迷的程度，心都留在了那里，那么似乎一切的借口也都不再是理由了。其实，真正的旅行不需要什么嘴上的功夫，上路的感觉是说走就走的，不需任何规划，是一种有感而发的冲动。

　　原来就看过《转山》，近期更是怀着一颗探寻恋旧的心又看了一遍，此次却有着比上一次更加深刻的体会。单就我而言，对西藏有着些许了解，初次看完后只是在电影里找寻到了我所熟知的地点和事物，例如风马旗、转经筒、玛尼堆、经幡、纳木错……而这些也恰恰是我偶尔在别人面前炫耀的资本。其实说实在的，就西藏而言可能我这一辈子也无法将它了解透彻，那是一个神秘的地方，蕴藏着无法读懂的秘密，空旷、苍茫的感觉是言语所不能表达的。而第二次看《转山》，体会更深刻了一些，电影本身不仅讲述了一个冒险的过程，更是折射出了一个或是一群人的成长历程。电影中反复强调，带着灵魂上路，在路上发现真善美的同时也是认识自我的过程。这次看完，更是心潮起伏，有着说走就走的冲动，想骑上单车，带上相机和记录本，沿途去发现。而今对于梅岭十三峰更是向往到了极致，幻想着自己站在海拔五千零二十米的米拉雪山上向天空抛撒风马旗，那会是怎样的一种感觉？怅然、豁达、开阔……在路上，虽然沿途要经受各种皮肉上的磨难，但是心灵却得到了升华和沉淀。

　　被生活束缚的我们只能用文字来释放内心的那份激昂与冲动。很向往那种一个人的旅行，出发的时候在背包里装下灵魂，一个人漫游在陌生的地域中，看着陌生的风景和人，听着陌生的话语，随遇而安，心走到哪里，哪里便是家。匍匐在去往拉萨的朝圣路途中，三步一叩首，沉默却安静。傍晚一个人坐在浩瀚的夜空下，整理着沿途的所见所闻，记录下自己心灵修行的过程，安静而惬意。在西藏，我们可以不用去想任何无关乎旅行的事，因为在这里除了你自己的肉体就只剩下灵魂了。

林语堂说过："一次真正的旅行必是一次心灵的邂逅，目光经历和穿梭着沿途曼妙的风景，体验和感悟着各种诱惑与刺激，一路流浪着，将心灵放逐至无人的境地。"想来确实如此。

此时，夜已静。听着周围的各种轻音乐，我满脑子都是路上的感觉，这时我仿佛确实回到了那个让我梦寐以求的地方，在路上，我匍匐着，虔诚地祷告着，或许有一天我真正上路了，我的灵魂及肉体会一同埋葬在那里，那是我求之不得的，那时候的我就真正地明净了。

# 秋叶，秋雨，月中情

机电公司　姚文喜

9月已过半，月亮像雨后的春竹，噌噌地长，奔向十五。秋天的凉意一丝丝地传来，我对秋的思绪如潮水般涌上心头。小雨滴滴答答，敲打着窗沿，向我诉说着思念之苦。在这夜深人静的时间里，望着窗外，我的思绪回到了那遥远的北方。

我喜欢北方的秋，更爱家乡秋季的清爽，十五赏月的阖家欢乐；更想念秋天曾经给我的心灵安慰。一阵风吹过，枝头的梧桐叶飘洒而去。看着世界，看着一片片叶子漫天飞舞；看着空中飘飞的灵魂，旋旋转转而落叶归根；看着那一片片叶子，我的内心被深深触动了。

这样的季节、这样的秋雨替代了那份飘零的愁思。

喜欢这雨，喜欢听这雨的声音，就如喜欢看遥远北方的雪一样，让人沉醉。秋天来了，那漫天的雪花也近了。听春雨的悱恻缠绵，听夏雨的酣畅淋漓，听秋雨的淅淅沥沥，听冬雨的浑厚深沉，宛若听自己的心雨。

昨夜的雨下得太过阴沉，外面安静了许多，只有蛐蛐不停地吵闹。或许是夜太深，或许是人们不想惊扰这一丝寒意，在月光下，抚摸这浮躁而又充满活力的城市，这秋雨后的月光呼唤着每一个远在他乡而思念遥远家乡的故人。

我独自倚在窗前，遥望远方漆黑的天空中那一轮明月，似乎平静的心蓦然泛起波浪。我想做一个善于遗忘的人，但有的事物是永远忘不干净的——相思之情与相思之人。正所谓，每逢佳节倍思亲。

月亮带我回忆往事，亦带我展望未来。在月光的洗礼中，烦恼忧愁悄悄流逝。溶溶月色，会让人不经意间便回想起如烟往事，想起那一个夜，那一个调皮的小男孩爬上树，去摘那还未成熟的果子，调皮地扔给树下那个漂亮的小女孩。而这一刻擦肩而过时，多么美好！还想起那一片夕阳下，一对老夫妻，倚靠在树下长凳上，微笑，看着夕阳遐思。多么希望时钟停留在这一刻，永不转动！

看着十五的月亮想着幸福，忘记了所有悲楚，继而沉溺在悠扬的秋声里，陶醉在古道西风的秋思中。

月光下遥望远处深邃的苍穹，仿佛可以看到自己的未来，亦明亮，亦灰暗；亦快乐，亦伤感；亦贫穷，亦富有。

在这众多遐想中我能看到天空中有我的影子，在遥远的地方，凝聚思念而成。

　　寂寞秋夜听秋雨，寂寞秋叶看月色。听的是情致，是心境；看的是美色，是世间；品的是人生的喜悲，是世事的沧桑和柔和。身静，心亦静，听秋雨之声，看明月之色，品中秋之韵，才能品出秋带来的柔情。

　　时光流逝，我遵循着你的希望，来到这个城市，来到这片山河。看这世间在不断地变化，不断地成长。多么希望能再回首，看一看那江峰柳岸，月圆时，汇聚相思成流。

　　秋叶，秋雨，秋思……无眠的我在这清静的深夜里，依旧站在窗前听雨声，听风声。只想静静地望，静静地思，不要让平日的怀念与忧愁来打扰这份清静。期待月色把我的双眼浸润得更加明亮，把我的心阶冲刷得干干净净，待天明时，仰望天空，心清澈如泉，心明朗如天，青春依旧。

　　秋雨，秋思，情意绵绵……

　　秋叶，秋月，故里幽幽……

# 初见山城

生态农业公司　李丹

　　观洪崖滴翠，品山城火锅，览两江相汇。它是依山而建的"山城"，云轻雾重的"雾都"，抖音里的"网红城市"，吃货们的"天堂"，它就是美丽的山城——重庆。

　　初见山城，就被它起伏不平的地面、与云天相接的高楼所吸引。暮色中，万家灯火，江面波光粼粼、流光溢彩，让人如痴如醉，只想静静地欣赏它的美。

　　重庆，坐落于长江与嘉陵江交汇处，四面环山，两江环绕。随着西重高铁的开通，早上在西安吃"三秦套餐"，下午就能吃到重庆地道的老火锅。周末，我们一家三口带着父母也体验了一趟向往已久的重庆之旅。共五小时的车程，晚上8点左右到达重庆，住进酒店放下行李，就迫不及待地下楼吃火锅。滑嫩的麻辣牛肉蘸上秘制料碗麻辣鲜香，真是人间美味！推开酒店的窗户，对面是耸立的高楼大厦；俯瞰嘉陵江，观重庆城美景，满城珠翠，独特的山城地貌让重庆有了自己独特的味道。

　　第二天一早我们和太阳一起"起身"，前往重庆渝中区商业中心人民解放纪念碑参观。碑高二十七点五米，碑顶设自鸣钟、方向标志和风速风向仪。它兴建于民国二十九年（1940），初被命名为"精神堡垒"，以激励中华民众奋力抗争以取得胜利。抗战胜利后改名为"抗战胜利纪功碑"，后来刘伯承题词将"抗战胜利纪功碑"改为"重庆人民解放纪念碑"，它记录着重庆光辉的革命历史。今天的解放碑已成为重庆的标志性建筑，也是影片《从你的全世界路过》的拍摄地，从而吸引了越来越多的游客来此合影留念。

傍晚时分，我们来到极具特色的洪崖洞。暮色中的洪崖洞灯火通明，格外迷人。更有趣的是当你走在路上，却不知也许你正站在几层的高楼之上。洪崖洞共有十一层，你可以感受到从一层到十一层出去都是马路的特别，有异域风情街、美食街、酒吧一条街……每层特色不一，融汇了不同的时尚元素，琳琅满目的小饰品、垂涎欲滴的美食令人目不暇接。穿过熙熙攘攘的人群，漫步在嘉陵江边，迎着夜晚的习习江风，举目眺望，仿佛跌入灯海之中。身旁父母开心地说笑，孩子开心地舔着手中的冰激凌，爱人拿着相机记录着美景，这时从酒吧传来欢快的歌声："繁华的大街小巷，扑鼻的香……火锅店是永恒不变的战场……重庆的味道，好得不得了，多少英雄好汉、漂亮姑娘为之疯狂，和朋友一起开怀大笑……"那一刻跟着音乐的节拍自由摇摆，刹那间，坠入欢乐的海洋，跟着身边的人一起欢呼雀跃！

转眼两天的重庆之旅接近尾声，在重庆的最后一个夜晚，我不禁又一次推开窗户，细细欣赏这座美丽而特别的城市，眺望远方，重温着它的美。

如果有一天，当我看到长河落日，车水马龙；当我看到星光璀璨，万家灯火；当我看到高楼层叠，依山而建；当我听到游轮鸣笛，轻轨穿过……我一定会非常想念你——美丽的山城重庆！

# 梦回撒哈拉

二号煤矿　刘青

那一日，近十二个小时的舟车劳顿，都不能让我闭目休憩。望着车窗外呼啸而过的风景，我的眼里、心里却只有你，我的撒哈拉！

那一日，迈哈米德被黄沙席卷，可爱的人儿用彩色的巾遮蔽了眉目，也遮挡住了你的抚摸。我仰起头，看昏黄的落日，任凭沙子敲打面庞，我知道，这是你欢迎我的方式，我的撒哈拉！

那一日，骑在单峰的骆驼上，在落日中看蜿蜒起伏的你。风就那么轻轻地吹着，你就那么缓缓地动着。你知道的，我终于还是来了，我的撒哈拉！

那一日，我默默地爬上沙丘，看夕阳慢慢落下，你就跟着光线明着、暗着，在我的心中打出一道明媚悠远的光。闭目间，有晶莹的泪淌过脸颊，辣了干燥的肤，却填满了心中那条干涸的河。

那一日，在营地的帐篷外，柏柏尔人一边敲打着手鼓，一边哼唱着当地民谣，我忍不住起身跳起舞来。仰头间，满天的繁星浩浩荡荡地席卷而来。我痴痴地看着，舍不得低下头。

那一日，两杯红酒下肚，脸颊起了红晕，忍不住发笑，想那满天的繁星，总有一颗是你的存在！Echo（三毛），好想你还在，我去拜访你，你跟我聊天，在小镇的日子里，一直听着滚滚红尘！

# 海的魂

发电公司　赵辉

　　"智者乐水，仁者乐山。"山者，巍峨挺拔，气象雄浑，聚天地之灵气，而有王者之气魄；然飞鸟走兽居于其间，繁衍生息，孕育无穷之生机，此其仁也。水者，水无常形，变幻莫测，貌似柔弱，而可开山劈石，以柔克刚。山之刚毅终不及水之无穷，此其智也。

　　故水似柔而实刚，山似刚而实柔。

　　说到水，脑海中首先出现的画面便是海。大海蔚为壮观，美丽而永恒。大自然造就了这一浑然天成的景物，它给人类带来了无穷的宝藏和财富。那博大精深的大海是难以用文字来形容的。在国内，最美的海滨之地恐怕当属三亚。三亚远近闻名，纯净的海面无边无垠，层层叠叠的浪花拍打着嶙峋突兀的礁石，林立的海滩礁石间，有两块赫然写着"海角"和"天涯"的巨石，海风依旧、海浪依旧，椰影婆娑，海蓝沙白，风平浪静……这一切都美得像梦一般。然而，除却这人人乐道的美丽，其实，还有另一处地方，不亚于三亚的盛名，却能够将山水之美硬生生地"框"在一处，它的名字叫海陵岛，有着"未经雕琢的翡翠"之称。

"海陵"，顾名思义，连绵的山丘在无际的大海中拔地而起，广东的一大海岛，别具魅力。苍翠的山林虽不比五岳大山，却是因为坐落于大海而显得无比伟岸。空气中大海的咸湿混着南方的温暖，形成一种特有的温柔感。

海天相连的壮阔，三面环山的别致，静看海浪来来去去，闲适惬意。在晴朗的天气，从大角湾出发，乘上三轮车，享受一路美景到达马尾岛，国内罕见的静浪区仿佛让时间停住了脚步。觅一处净地，捧上一个大椰子做下午茶，安静等待最后一抹阳光消失在天边，在夕阳西下里把所有的美好尽收眼底。

还有载入大世界吉尼斯之最的十里银滩，银白色的沙滩没有任何的污染，竟然让人生出不忍下脚践踏之心；建在银滩上的宋城更是让人产生一个转身便穿越千年的错觉。

大海是美丽的，海滩是温柔的，浪花是多情的，无数古人青睐，无数今人纷至便足以说明人们对它的爱，好似来到此处，心灵也可在自由的空间放纵不羁。轻抚柔柔的海水，那种晶莹澄澈，那种玲珑剔透，那种酥软柔滑，还有那种深邃神秘，无不让人心旷神怡。

这般美景，亲眼见到的人或多或少都会生出些许陶醉，或许是无边无际震撼心灵，或许是浩浩汤汤直击内心。不是大海的神奇，而是山水的奇异结合才会如此吗？不，其实真正神奇的，是我们本身。

毕竟，美景不仅仅是让人产生感官愉悦的美，更是观照生命和人生、激荡灵魂的美。这种美是真实的，这种真实激发了人的创造力，诞生出无数珍贵的文字、图画，让我们也拥有了别样的美。日升月降，潮起潮落，即使每片海的颜色并不是同样的蓝，即使海上的云始终变幻莫测，这拥有了灵魂的美丽不会改变。

# 味蕾里的春天

*二号煤矿　杨新亚*

　　转眼间，春风至，暖香飘。

　　各式各样的花儿，就这么不经意地怒放开来，星星点点，仿佛就在一夜之间，倏地就扮亮了城市荒郊，更温暖了沉寂许久的大千红尘。而伴随着一场场淅淅沥沥的春雨，干枯了整整一季的大地上，开始一丛丛地钻出嫩嫩的小芽苞。它们，有叶子像锯条的灰灰菜，有散见在冬麦田里的"麦咕咕"，有又细又长的"人情菜"，也有细柔盈盈的野蒿。它们，或许并不惹眼，或许遁迹荒野，然而，经过母亲的巧手拾掇，便成了我们饭桌上的一餐美味。

　　在我的印象里，惯常的镜头是，周末的午后，趁着丽日暖暖，和着细风柔柔，和家人一块儿，挎一只小小的竹篮，再找出一柄钝钝的小刀，便驱车直赴人烟杳然的郊野。那里，远离了钢筋水泥的冰冷，卸却了市井嘈杂的纷扰，只有蓝天、白云、绿草，以及甘洌润肺的空气。选一块地势平坦的草坪，孩子们嬉闹着，疯跑着，在头上插满五颜六色的野花；而我们大人呢，则是猫着腰，认认真真地搜寻着那些隐藏在草丛里的野菜。无论是荠菜、曲曲菜，只要发现一株，就会欣喜不已，然后用小刀轻轻地刨出来，再放到鼻端轻嗅。那种芬芳，带着一点点泥土的气息，又带着一丝丝若隐若现的生机，真是惹人爱怜！

一个下午的时间，就这样静静而又缓缓地流逝。直到残阳西下，我们带着意犹未尽的孩子们，带着一篮脆生生的"战利品"凯旋。然后，洗净，分类。苦苦的曲曲菜，被搭配以清香的豆瓣酱，以映衬它的清气；细细的荠菜，则用来剁馅，包成喷香扑鼻的水饺；而"麦咕咕"则裹上一层面粉，大火蒸熟，蘸着捣得碎碎的蒜泥，吃起来真是令人回味无穷！而每当此刻，看着我们全家人人吃得满脸流汗，母亲的嘴角总会自然地勾起一抹淡淡的笑意。

曾几何时，年幼的我，也是在母亲的这种含笑注视之中，大口大口吃着一碗碗这样的"野味"，悄然走过了童年、少年。曾几何时，由于家境贫困，我们关于春天的回忆，几乎百分百都源于味蕾的体验，几乎全是关于野菜团子、野菜粥、野菜水饺的朴素回忆。而今，时过境迁，母亲的鬓角早已挂霜，我也已年近不惑，而孩子们清脆的欢笑依然在家门口回响。而今，春风依然是那般的暖，这些"野味"依然是那般熟悉，可为何细细咀嚼，却有一种别样的情怀涌动心间？

　　不经意间回首，瞅瞅餐桌上几乎成珍稀美味的野菜，瞅瞅孩子们头顶的花环，瞅瞅母亲那依旧慈祥却有些佝偻的身影，我的眼眶竟有点儿潮乎乎的——哦，小小的野菜，勾动我尘封许久的回忆，更勾动了我对于成长的回味。而这"味蕾里的春天"，更是让我感触良多，沉吟许久。

　　难忘成长路上的一串串足印，难忘这味蕾里的春天！

# 水墨书香

　　"艰难困苦，玉汝于成。"煤矿工人的笔下，也有激艳的诗句，在漾开来的水墨里，泛着徐徐的涟漪，沉淀着对生活、对工作、对自然的热爱和思悟。

　　百炼成诗。这些简单而温暖的文字，无一不折射出新时代煤矿工人博大的胸怀和善思的睿智，是煤矿工人集体智慧的缩写，也是煤矿工人沉淀下来的诗和远方。

# 最美的歌儿唱给黄矿

店头电厂　贺小军


## 山那边

站在山的这一边

矿区风光一望无际

地下八百米煤机歌唱

滚滚乌金送远方

清洁电力心照亮

多元产业争相发力

绿树环绕果甜稻香

幸福和谐又安康

哎嗨矿工兄弟哟

哎嗨咱们是最棒的哟

## 我想你

山梁梁的那个草绿了

又是一年

你的产值过百亿了

梦圆了

而立之年那个汉子哟

黄陵矿业

那些追梦的人儿

奔跑吧

二次腾飞的路上

不停歇

新的使命在肩

整装再踏上新征程

桥山啊！

时间的见证者

沮水……

我只想静静地看你

看着那蓝图成为现实

基业常青定会走得更远

更遥远

# 白鹿原上的麦子熟了

瑞能煤业　戴洪涛

　　白鹿原上的麦子，熟了。正是这个时节，父亲永
远离开了我，未觉，已然八年了。回想，收麦的父亲，
在田间地头忙碌的身影，感怀颇深，随笔墨数行，生
香时光，遥寄思念父亲的心殇。

——题记

六月是收获的季节

白鹿原上涌起金黄的麦浪

飘来阵阵麦子的浓香

往年的白鹿原上

这时　正值夏收繁忙

父亲的脊梁

总是与白鹿原上的黄土平行着

挥镰　收割满满的希望

一滴滴汗水

映着太阳的光芒

八年过去了
我的眼睛
终是无法拽住流年的目光
皇天后土的白鹿原上
再也没有了父亲收割希望的繁忙
那定格的身影
永远地　镌刻在了白鹿原的黄土地上
父亲累了
永远地安息了
躺在麦田里
融入黄土地
只有那块青色的墓碑
依然　以活着的姿态
守望着眼前
一望无垠的希望

父亲走了
触摸父亲留下来的余温
我用脚步

丈量人生的黄土地

耕耘生活

未觉　已是中年

两行铿锵的步履

坚定地前行在苍茫的黄土地上

顺着父亲的希望

毅然地朝着太阳升起的方向

昂首阔步

因为　我始终相信

身后

是父亲如山一样的目光

# 春真的来了

瑞能煤业　刘勇勇

阳光普照着大地
风吹起缕缕尘烟
春天的气息带来丝丝暖意
睡醒的草头弹出点点绿意
摇曳的垂柳绽出星星嫩芽
春来了
来得有些蹒跚
来得有些踌躇
她感受到冬的不舍
她感受到夏的期待
冬留恋她的表演
夏渴望她的降临
春为难了
看到满怀希望的人群
看到漫山遍野的苍凉

她犹豫了

四季的轮回穿梭不息

生命等待不了季节的停顿

生命需要绿色

需要生机

春释怀了

她昂起她的头颅

尽情地

将阳光的温暖

将春风的生机

将生命的元素

焕发在大地原野上

她拿着特有的画笔

拭去寒冬的足迹

描出新春的生机

为夏留出空白

为生命写出赞歌

春真的来了

# 怀念母亲

**公司机关　杨鑫**

她从杨村寨子的土坡坡上走来
心怀委屈，满含泪水，不畏现实
毅然决然地冲破封建婚姻的枷锁
只身勇敢地踏上求学之路

她从蒲城煤校的乒乓球赛场走来
朝气蓬勃，意气风发，斗志昂扬
追寻年少的梦想
书写青春的华章

她手捧《毛主席语录》从天安门广场走来
三十七天，两千七百里征程
八名同学徒步抵达北京，
风餐露宿，饥寒困苦，她是唯一的女生！

她从新婚的甜蜜中走来
与老乡、同学、知己的他

相濡以沫携手相伴，互敬互爱比翼齐飞
这才是她向往的美满婚姻

她从焦坪煤矿平硐后山的压风机房走来
第一份工作让她充满好奇和憧憬
证明走出农村、刻苦求学是正确的抉择
知识能够改变命运，至此她笃信不疑

她从永红斜井的井下巷道中走来
顶着矿灯帽，围着白毛巾
身着厚重的工作服，满是煤尘的脸上
明亮的双眸闪烁着刚毅和自信

她从烟气熏绕的灶台边走来
食材变为菜肴，汗水湿透衣背
张罗着工友、同学们在家聚餐饮酒
听着朗朗的说笑声，她感到由衷的幸福

她从院落自建的鸡窝旁走来
听着母鸡的报喜声
手握热乎乎的鸡蛋
喜望着儿女，乐和得像捡了个宝

她从风雨交加的下班路上走来
看到三个小不点冻得瑟瑟发抖
赶忙抱到床上，搓热双手焐搓着他们的脚丫
她的爱随着温暖的手注入孩子们的心底

她从菜地搭建的防震棚走来
狂风、雷电、暴雨肆虐着"人字棚"
在大家恐惧和无助的时候
她讲起了故事，教唱着歌谣

她从拉煤的黑皮火车厢里走来
带着三个孩子，怀着激动的心情
拎着给父母和乡亲们早已准备好的礼物
风尘仆仆地回家探亲

她从缝纫机的嗒嗒声中走来
一块块布头在她的魔法下
变成衣服、床单、被面
勤俭持家，生活由此变得丰富多彩

她从焦坪矿难的慰问组走来
耐心细致地解释政策
推心置腹地安抚情绪

替人难过落泪，给人打气加油

她从铜川市人大代表的会场走来
肩负着"铜煤"矿工的重托
饱含着对煤炭事业的无比热爱
畅所欲言，建言献策

她从黄陵矿业社区走来
喜笑颜开地为小朋友制作香包
忙前忙后地为新人迎亲嫁娶
古道热肠，受人尊敬和爱戴

她从沮水河边的供应大院走来
开垦的荒地变成菜园
施肥浇灌，栽种的蔬菜瓜果
一袋袋提到半路就已送得所剩无几

她从春节的秧歌队里走来，
身穿秧歌服，打着黄绸伞
欢歌起舞，喜气洋洋，给矿工拜年
送祝福、送温暖、送叮嘱，祈盼安康

她从一场场久别重逢的聚会宴上走来

执手相望感叹岁月流逝
回忆往昔展望美好未来
互诉衷肠祈盼吉祥安康

她从全家福照片中走来
儿孙满堂齐相聚
欢喜、开心、满足
幸福在她的心底流淌

她从枕边的日记本里走来
静夜回味家常琐事
笔墨记录点点滴滴
人生的苦乐酸甜永久留存在成堆的纸笺里

她从互联网的社交群中走来
与时俱进，传递着正能量教子育人
嘘寒问暖，珍惜着每一份亲情友情
排忧解难，倡导着互助互爱和谐共赢

她从退休职工第一党支部走来
不忘初心，牢记使命
贯彻中央精神，开展组织生活，举办党员活动
用行动诠释着一名老党员的坚定信仰

她从观光旅游的镜头里走来
街道边、人群里、山水旁、花丛中
笑容可掬，仪态万千，精神抖擞
领略国内外的大好河山

她从幸福九号养老乐园走来
唱歌跳舞，按摩理疗，旅游交友
她欣慰赶上了新时代
她感恩过上了好生活

她从午夜儿女们的梦中走来
牵儿是否安好，念女冷暖喜忧
依然笑容满面、慈祥和蔼
依旧气宇轩昂、神采奕奕

她，就是我日思夜想的母亲
善良、纯朴、慷慨、豁达
她，就是照亮我人生的灯塔
博爱、克己、助人、上进
她熠熠生辉自带光芒

她，虽然已经走向远方
可她的光辉仍在
她的精神还会万古流芳！

# 您，万众之光

瑞能煤业　柴海

您，起源于微小的粒子
发展成硕大的星体
您，为了万物的生长
燃烧自己送去阳光
您，挥舞弯弯的镰刀
收获大地的金黄
您，抡起铮铮的铁锤
铸就人间的天堂
有了您的出现
黑夜才见到曙光
有了您的照耀
大地才有了希望
有了您的沐浴
人民才踏上富裕的道路
有了您的领导

中国才有了今日的富强

您，永不停息

为了兴国安邦，为了盛世和谐

为了实现"两个一百年"奋斗目标

为了中华民族伟大复兴的中国梦

您只是

静静地燃烧，默默地奉献

直到满天朝霞，处处阳光

# 矿山记忆

### 公司机关　张瑞晨

星星点灯
照亮我的家门
也照亮我关于矿山的记忆

1991 年夏天
乘着计划生育"只生一个好"的春风
我在矿区医院呱呱坠地
长大的速度与煤炭形势下滑的速度成正比
可我什么也不懂

1993 年
煤矿工人的日子更加艰难
天轮怎么转也转不动
工人无奈又失落的背影散落在田间
但小卖部一毛钱四片的山楂片仍然酸甜

1995 年
小小的矿区麻雀虽小却五脏俱全
俱乐部里慢四步的舞曲萦萦绕绕
托儿所、篮球场、铁轨旁、三马路
满是孩子们欢乐的歌声

1997 年
一年级的老师向我招手
捧回"三好学生"的奖状
却发现爸爸手中的香烟一支接一支
哦，煤山还是那样高

1999 年
电视机里孙悟空的七十二变分外精彩
把高耸的煤山变没了一半
放假的工人被召唤回来
抚平了矿嫂们干涩的眼角

2002 年
每天早上测体温反倒成了必备的功课
七天时间建起的"小汤山医院"
一夜间让全世界知晓

白衣天使们救死扶伤的精神让我感动

2005 年
大卡车来了一辆接一辆
火车皮装了一节又一节
干劲十足的汉子们啊
满脸乌黑却满心欢喜

2008 年
《我和你》的旋律响彻云霄
奥运健儿们挥汗如雨为国争光
矿区的车位显得有些拥挤
楼下乘凉的老奶奶笑靥如花

2011 年
走在黄金十年的下坡路上
"明天会怎样"的问题没有人能够解答
理想还在信心还在笑容还在
煤矿人的日子并不孤单

2015 年冬
比任何一个冬天都要寒冷
去与留

走过"十年黄金期"的煤矿人
又一次站在了人生的十字路口

2017 年
汉子们谈论着"走出去"的点点滴滴
充满辛酸却又饱含欢笑
冬天过去了
春天还会远吗

星星点灯
照亮我的家门
也照亮我关于矿山的记忆

# 矿山卫士

### 应急救援中心　李博

在井下，我们是矿山救护队员；
在地面，我们是矿区消防尖兵。
我们用理想守护信念，砥砺前行；
我们用救援铸就忠诚，守得云开。
我们被誉为——矿山卫士。

训练演习中，事故就是进军的号角；
闻警集合时，电铃才是动听的音符。
抢险救灾中，
我们用行动摆脱恐惧，
洗礼出铮铮铁骨；
烟热混沌处，
我们用装备承载生命，
展示出真的英雄。

没有战争年代的铁马金戈，

却又时刻准备着赴汤蹈火；
没有明星嘉宾的掌声欢呼，
却有救援背后的默默付出。
我们顶天立地，
我们战天斗地。

面对烟火弥漫的井下巷道，
面对错综复杂的灾变现场，
为挽救生命财产，
我们奋不顾身，
穿梭于灾区中。
与有毒有害气体进行搏击，
与窒息伤残死亡进行赛跑，
为受困矿工打开生命通道。
我们，将无私与奉献融入心田；
我们，将安全与救援烙印心间；
我们，用激情点燃希望，放飞绿色梦想；
我们，用青春践行誓言，守护矿区安全；
我们，用责任书写担当，续写救护辉煌。

# 锚 索

### 一号煤矿  左清龙

我弯下腰穿过压来的黑洞
倔强的你从我脊梁上经过
在那段黝黑深沉的日子里
你瘦弱的身体印在我心底

时光荏苒，我依旧怀念你
怀念你扛起的是万斤重担
秋意正浓，光明把我笼罩
而你，还在漆黑的魅影中

在那燃烧自己一生的地方
安静地，安静地永远守护
直到蜡泪流干灯火熄灭
你才会放下劳累一生的心

你用一生的时光保卫我们
你就像那北方挺拔的白杨

用一生的信念去捍卫家园
却将荣光放在身后的角落

你默默地撑着那矸石的梁
压弯了腰也从不放弃丝毫
只有身下的泥丸和着灰尘
在静止的时空里陪伴着你

月色下我安全地回到了家
眼眸却湿润得看不清前方
我在想有了你我才有了家
我有了家而你的家在哪里

# 乌　金

二号煤矿　张凡

我自机器的轰鸣声中醒来，
带着千古的气息，在汽笛声中远去。
我是谁？
他们说，我是乌金，散发着光和热。
可我看到的是黝黑的皮肤和冰冷的身体。
我怀疑自己！
我感受到的温暖和光来自太阳，
它才是我理想的模样，
光耀的身姿，俯视一切的态度，
该成为那样的人！
我看到飞驰的路旁，
娇美的花朵，散发着诱人的芬芳，
这何尝不是一种美！
一棵树，
它都有自己的色彩、挺拔的姿态，

守护自己的一片土地。

那我呢？我不断地问，不断地怀疑。

直到遇见火，

我惊艳它奔放的色彩，

热爱它喷薄的能量，

那不就是我一直追求的吗？

我纵身跃进它的那一刻，无比的荣耀，

我看到千千万万个普普通通的我，

在火的热情里，释放自己的激情。

那一个个黝黑、冰冷的身体，

变成火红的光、炽热的海，

温暖着一片天地，成为自己所在。

哪怕是这般飞蛾扑火，

哪怕是这一刻钟的绽放！

我终于找到了乌金的答案。

# 浣溪沙

发电公司　史宗元

## 春

面带春风态多娇，桃红杏笑意绵绵，人间处处惹菲芳。

砥砺三十酬往岁，风雨四十慰先贤，流光溢彩续华章。

## 夏

绿意勤勤带笑来，轻风款款柳妖娆，青空万里燕忙忙。

吾侪昂扬齐上阵，风华数代尽英豪，江山不改志常青。

## 秋

遍野红装遍野情，朗月清河意悠悠，风光不减武陵源。

意气风发抒斗志，欢欣鼓舞掷情愁，煤优电强倡多元。

## 冬

满院萧萧落叶纷，寒风漫漫浸寰宇，阁庭远望雪迟迟。

易道改河新业举，开山建路旧容去，闲敲棋子话当时。

# 情满桥山

瑞能煤业　任俊平

桥山巍巍　沮水潺潺
华夏儿女心系一处
黄陵矿业　黄陵人
昂首阔步　奋勇向前
三十年春华秋实
三十年如歌岁月
"陕煤"之声响彻九州
古柏苍翠　河水弯弯
智慧矿山得以圆梦
精优引领　实干文化
凝聚力量　百年基业
三十年砥砺奋进
三十年沧桑巨变
黄陵煤温暖神州大地
黄陵矿　"陕煤"人

中国心　中国梦

七十载　风雨兼程

七十载　峥嵘岁月

不忘初心　牢记使命

人民的心声

祖国的呼唤

新时代的脚步铿锵有力

新时代的思想指引前行

我爱你　桥山的松沮河的水

我爱你　祖国的江河祖国的山川

我用青春将你陪伴

我用生命将你守护